シルクロード

詩と紀行

秋吉久紀夫

Akiyoshi Kukio

石風社

敦煌の鳴沙山（草一本生えてない砂の山脈）　1999.8.26

トルファンの火焔山（西遊記の孫悟空が羅刹女と戦った山）

1999.8.28

恰克馬河峡谷の断崖の三仙洞（後漢の時代に掘削された仏教遺跡）

2000.8.6

ポプラの並木（西域南道・ホータンの西、墨玉県）

2000.8.7　以上すべて著者撮影

シルクロード・詩と紀行＊目次

第一部　シルクロード詩集

Ⅱ

Ⅲ

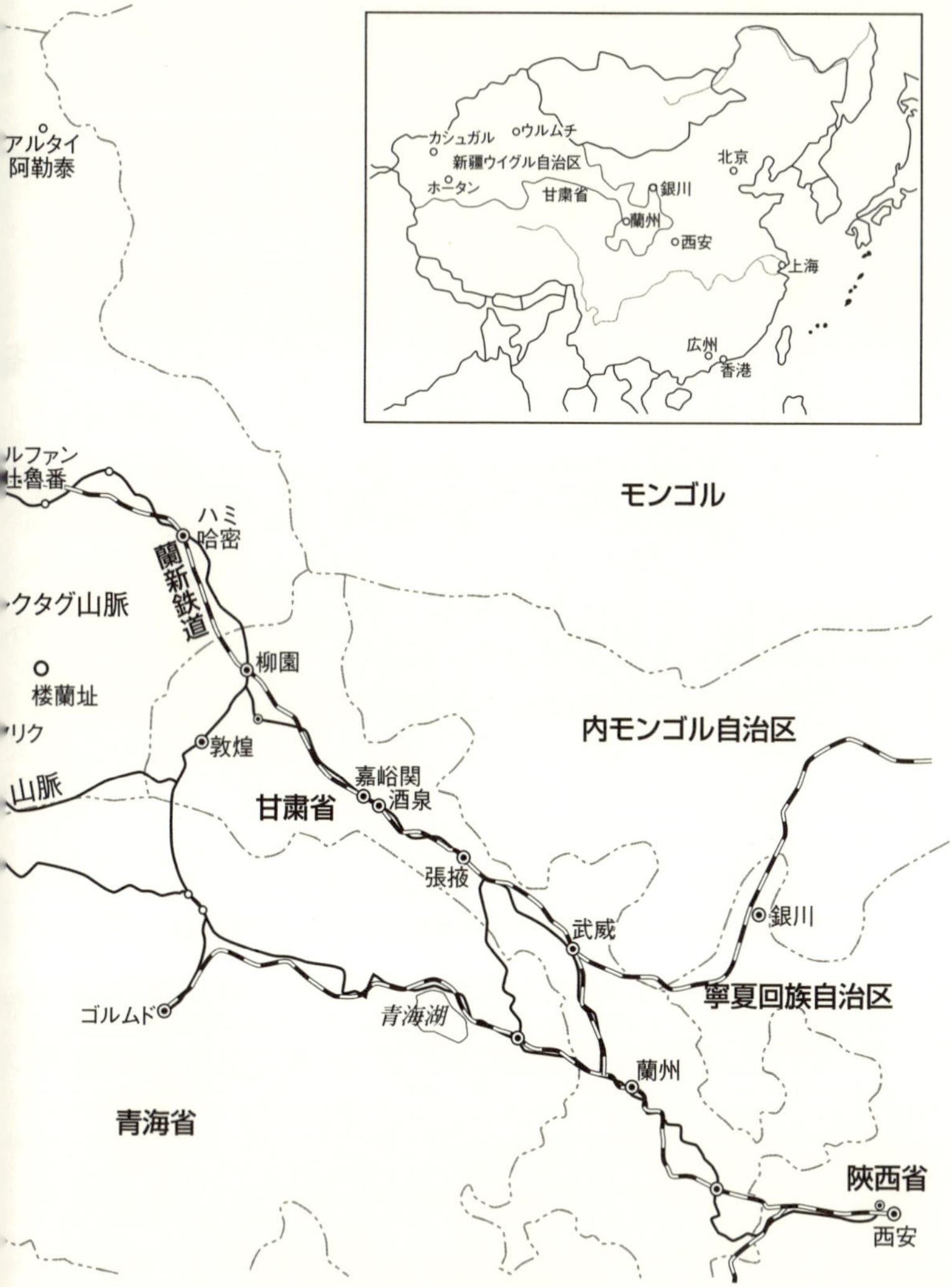

カシュガル
ウルムチ
新疆ウイグル自治区
ホータン
甘粛省
銀川
北京
蘭州
西安
上海
広州
香港
アルタイ
阿勒泰
ルファン
吐魯番
ハミ
哈密
蘭新鉄道
クタグ山脈
楼蘭址
リク
柳園
敦煌
山脈
嘉峪関
酒泉
甘粛省
張掖
武威
モンゴル
内モンゴル自治区
銀川
寧夏回族自治区
ゴルムド
青海湖
蘭州
青海省
陝西省
西安

シルクロード交通図

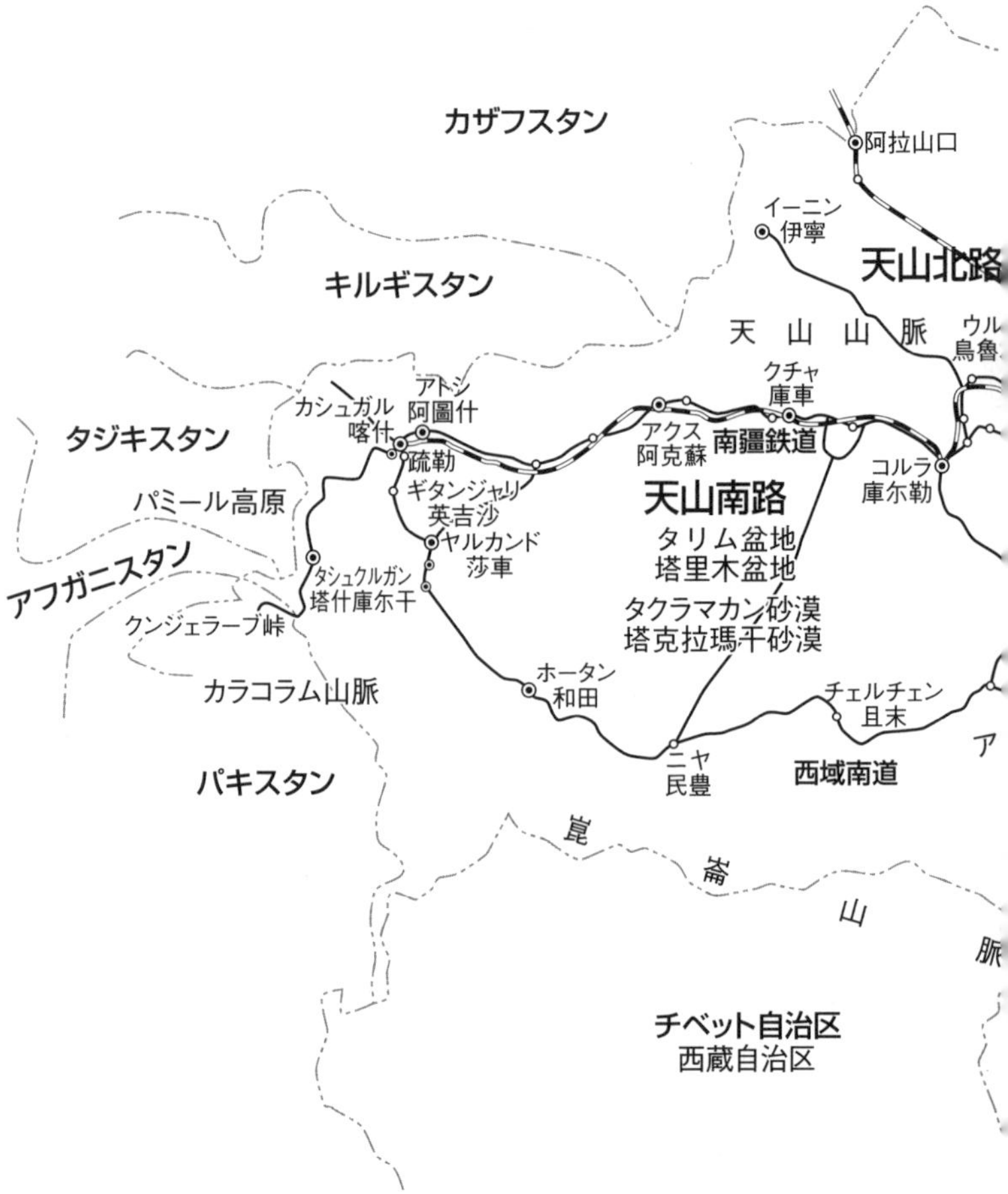
カザフスタン
阿拉山口
イーニン
伊寧
天山北路
キルギスタン
天 山 山 脈
ウル
烏魯
クチャ
庫車
アトシ
阿圖什
カシュガル
喀什
疏勒
タジキスタン
アクス
阿克蘇
南疆鉄道
コルラ
庫尔勒
ギタンジャリ
英吉沙
天山南路
パミール高原
ヤルカンド
莎車
タリム盆地
塔里木盆地
アフガニスタン
タシュクルガン
塔什庫尓干
タクラマカン砂漠
塔克拉瑪干砂漠
クンジェラーブ峠
ホータン
和田
チェルチェン
且末
カラコラム山脈
ニヤ
民豊
西域南道
パキスタン
崑 崙 山 脈
チベット自治区
西蔵自治区

第一部　シルクロード詩集

I

蠶《かいこ》の呟き

なぜ、そんなにさもびっくりした顔つきで、
わたしの全身をしきりに嘗《な》めるように凝視《みつ》め回すの、
わたしがなにか粗相でもしたというのですか。
ほんとはわたしの素姓を知りたくてたまらないんでしょう。
あなたの眼のなかにはなぜか奇妙な七色の虹が見え隠れしているの。

自然の光の遮断された陝西歴史博物館の陳列室の一隅で、
いまから二千年も前の漢の時代に銅で鋳造され、
さらに全身に金メッキを施された原寸そっくりのその蠶は、
アヒルの嘴みたいな頭を努めて擡《もた》げながら、

黒い斑《まだら》模様のお腹をしきりに蠢かせて糸を吐いているようだった。

中国語で書かれた説明文に拠れば、
二〇年前に西安の南、石泉県の河辺の畑で、
近くのひとりの農民の鍬によって発掘されたものだという。
それにしても、遥か隔たる遠いとおい古代の世界で、
舌を巻くほどの精巧な技術を駆使して金ピカの蠶を製作するとは。

たぶん、その頃からこの緩やかな黄河の流域は、
数知れない桑の樹が風に赤や黒の果実を揺るがせ、
ふくよかな芳しい香りがあたりに満ち溢れていたことだろう。
また、ハタハタと時折、白い粉を発散させながら、
繭《まゆ》から抜け出た蛾たちが蒼空の彼方を夢みて飛び交っていたはず。

ねぇ、聞こえないの、わたしがいくら話しかけても、

わたしのことばが解らないのかしら、
わたしはやはりこんなところにいとも高貴に並べられるよりは、
ひねもす、オタマジャクシにも似た卵を産みつづけ、
河を溯る群れなすいろくずみたいに地の果てまでも旅立ちたいのよ。

＊銅製の蠶。一九八四年一二月に陝西省石泉県前池河から出土。
漢代（ＢＣ二〇六～ＡＤ二二〇）の作。

西安の大秦景教碑

西安城内を、南北に貫く南大街を、
鐘楼より下ると、凹凸の城壁を巡らす南門。
その手前を左に曲がるや、やがて柏樹《このでがしわ》に包まれた
碑林博物館がおもむろに現れる。
目指す石碑はそのなかに収められているはずだ。

第一室から廊下を経て第二室に潜入する。
と、左手の暗がりで、それはわたしを端倪《たんげい》していた。
大きな亀の甲羅に突っ立った、たかい背丈。
頭部は円く、上段に羽根を広げた霊鳥が、

互いに一個の玉を奪いあっている。

わたしの念願は、この石造物に刻まれている碑文。
その名は「大秦景教流行中国碑」。
大秦とは古代ローマ帝国で、次の景教とは、
ネストリウス派というマリアの神性を否定し、
エペソ会議で破門を宣告されたキリスト教の一派。

でも、ササン朝の波斯《ペルシャ》では圧倒的に信仰され、
黒い宣教衣を着たアロベン一行は、
唐の太宗期に、駱駝の背に身を委ね、
パミール高原を越えて空飛ぶ鳥も姿を見せない
タクラマカン砂漠を過《よぎ》り、長安にまでやって来た。

碑面は、今もなおマルコポーロ以前に、

黄河河畔で生きていたイエスの教えを証しする。

「玄枢《げんく》を惣《ひき》ゐて造化し、衆聖に妙にして、

以て元《はじ》めの尊者なるは、それ唯《ただ》わが

三一妙身の元《はじ》め无《な》き真《まこと》の主《しゅ》、アラカのみなるか」。

＊「大秦景教流行中国碑」の頌并序に、「……惣玄枢而造化妙衆聖以元尊者其唯我三一妙身无元真主阿羅訶歟……」とある（読みは徐謙信の説に拠る）。この碑は唐代の建中二年（七八一）に建立されていたが、やがて道教以外を異教として他宗教を禁止した武帝の会昌五年（八四五）の政策のために、地下深く廃棄されていた。明の天啓五年（一六二五）に偶然、発見され収蔵された。

李広利の悔悟

——タクラマカン砂漠に点在する漢代の烽火台遺址を望み見て

いま夜の帳《とばり》の忍びよる陰山山脈の北、単于《ぜんう》の王庭で、
穹盧《きゅうろ》に囚われの身の漢の将軍李広利は、
なみなみと注がれた馬乳酒の杯を口にしながら、
パチパチと弾《はじ》けるかがり火を見つめて苦渋を噛みしめていた。
いったい全体なんの手違いで、このような羽目に陥ったのか。

昨年の五月、七万の兵を率いて長城を越え五原から、
疾風のごとくおしよせる匈奴を迎え撃ったのだが、
いかんせん、山坂をも怒濤のように上下しながら、
鞍も鐙《あぶみ》もおかずに体を浮かしたまま夜陰にまぎれて、

騎射して来るやつらの奇襲は熟知していたはずだったのだが……

確かにこの二、三年、懐《おも》えばあまりに僥倖《ぎょうこう》すぎていた。
ことに、いかに皇帝の命令とはいえ大軍を駆使して、
あの前代未聞のパミール高原のそのまた彼方にある
天馬と称えられる空駆ける汗血馬《かんけつば》を、
思いもかけず、何千頭も捕獲して帰国した功績は。

またも、群狼の遠吠えが鼓膜をやけに震わせる。
それはそうと、狼が臭点を意識的に確保するように、
おのれの威光で峨々たる河西走廊から敦煌を経《へ》、
延々とロプノールを跨ぎクチャまで設置した
狼の糞を燃料とする烽火台はいまでも機能しているだろうか。
守備兵には葦束の元火はけっして絶やしてはならぬ、

怪しい奴が一人でも近寄れば烽火は一度、五人では二度、十人以上では、三度上げるのだと言い聞かせてはいたのだが、まったく解《げ》せぬ、なぜ今宵無性《むしょう》に胸を燻《いぶ》すこの無念さが、狼煙《ろうえん》みたいに茫漠として涯のない大地を覆い尽くせないのかが。

＊李広利（?～ＢＣ八八）前漢の中山（現在の河北省定県）の人。号は貳師《じし》将軍、武帝の寵姫李夫人の兄。太初元年（ＢＣ一〇四）に大宛国（フエルガナ）を、敦煌から撃って出てタリム盆地を横断し、パミール高原を越えて攻撃したが食糧が不足して大敗、部隊の大半を失ったが、三年後、またも攻撃しやっと勝利をあげ汗血馬三千頭を手に入れ凱旋。しかし征和三年（ＢＣ九〇）に、漠北の杭愛山地区に進入し匈奴を撃ったが敗退して捕虜となり、ついに匈奴の単于に殺害された。

琵琶を背負う天女

飛天と聞くと、すぐに金の冠を被り、
上半身ヌードで透けるような羽衣を着、
箜篌《くご》や笛や琵琶、竪琴を吹き奏で、
歌をうたって、自由に空を、
泳ぎ回っている天女だと描いていたが。

はるばると砂岩をくりぬいた莫高窟の
千とある洞窟にやって来てみて、
色とりどりの飛天たちが暗がりを、
蝙蝠のように飛翔しているのに驚いた、

頭を丸めた天女までいたとは。

そのなかで、特に興味をそそられ、
手に持つライトを唯一の頼りに、
飽くほど見つづけたのが、琵琶を背に、
裾を翻し、歌をさえずる天女だった。
なんと眺めているだけで踊りたくなる。

人間世界の人々よ、眠りから目覚めて、
あなたの周りをしかと見てごらん。
だれもがにこにこと頬笑むけれど、
ほんとはいつでもこころは地獄、
狼みたいに餌を求めて彷徨《さまよ》うばかり。

砂漠は見渡すかぎりの荒れ野だけれど、

やがて地下から泉は湧き出るもの。
ねぇ、地面に下ろした根のあるかぎり、
若枝は時空を超えて延びるのよ。
わたしの務めは天地の間の七色の橋。

＊敦煌莫高窟の飛天のなかで、特に注目するのは、第一一二窟の西壁に描かれている中唐期の「反弾琵琶伎楽」である。

敦煌の蔵経窟

罅《ひび》の走った暗がりの画壁を叩くと、突如
ぽっかりと狐の巣窟があらわれたかのように、
いまだ見たことも聞いたこともない
二百年前の時空が白日のもとによみがえり、
たちまち過去の戦禍の残り火が息を吹き返す。

疾風《はやて》のもたらす情報によると、
赤面に禿頭《とくとう》の馬に跨がる勇猛な西夏の部隊は、
すでに中原と塞外とを結ぶ要衝の地である
祁連《きれん》山脈の麓の嘉峪《かよく》関を奪い取り、

勢いに乗じ疏《そ》勒《ろく》河を渡り敦煌へも間近という。

さあ、一刻もじっとしてはいられない。
粗末な衣服をまとった僧侶と役場の者たちは、
厳しい命令にびくびく怯《おび》えながら、
あたふたとありとある文書、経典、絵画を、
掻き集め用意の白布に包み洞窟に詰め込んだ。

秘匿作業が一段落すると、かれらは徐に、
洞窟の入口を密封し壁を泥で修復し、
その上、丹念に色鮮やかな壁画を描き、
やっとのことで、安堵の胸を撫でるのだった。
敦煌を守る北宋の軍が屈伏する直前のこと。

後日、陽の目を見た幾万点の秘蔵品は、

さすが大量の奴隷と土地の売買契約書の他に、
玄奘が印度へ取経に赴く画像を始め、
論語や老子や漢語訳の聖書《バイブル》もあったのだが、
今やどれもとんびに攫《さら》われ、国外の蔵に眠る。

＊蔵経窟。甘粛省敦煌市の東南二三キロの莫高窟の第一七窟内にある。一九〇〇年に道士王圓籙が第一六窟の通路を掃除中に発見した。

砂漠のカレーズ

一年じゅう、ほとんど雨の降らない
カンカン照りのトルファンの高い蒼穹を、
いったい、なにを狙っているのか、
鷲が一羽、翅《はね》をひろげて、ゆっくりと、
輪を描きながら、獲物を求めて旋回しているが、

果てもなくゴビに黒々と印《しる》された斑点を、
髭を鼻先に蓄えた土龍《もぐら》の巣穴とでも把えたのか。
あるいは、中生代の地球を支配した
数知れない恐竜の踏んずけた足跡とでも、

疑ったのか。しきりにお前は浮揚する。

なるほど、あの黒点はお前の鋭い感覚どおり、
逆もどりしないで、幾筋も一目散に走っていて、
獣の仕業と感じられるが、しかし、
等間隔で、少しの乱れもないではないか。
よおく聞け。あれは人間どもの真《まこと》の知恵だ。

お前には望めるはず。火焔山の遥か彼方、
万年雪をいただく天山山脈のボグダの峰が、
それに、滴るあの氷河の雪解け水が。
人間どもは、それに眼をつけ、古代から営々と、
井戸を掘削しつづけ、泉を地上に導いた。

手にもつ道具は、柄の短い鶴嘴《つるはし》とケトマン、

それに瓢箪で作った行燈《あんどん》に、昇り降りする命綱。
もともと空《から》の杯《さかずき》のように思えたこの盆地に、
甘い緑の葡萄や杏《あんず》や真紅の柘榴《ざくろ》が溢れるのは、
あの大きな目玉で空を射る地下水路《カレーズ》の賜物だ。

トルファンの葡萄

葡萄が熟れて濃いみどりの枝葉に垂れ下がる。
太陽が時折、白雲に遮られ、ゴビの砂礫に
動く幻の樹海を黒々と作るベゼクリク路の傍らで。
ウイグルの衣装を着た幼い少女がひとり、
日干し煉瓦の家屋の中庭でしきりに歌を唄っている。

見たことのない緑の粒の大きな玉だ、
きっとあれがその名も高きマーナイ葡萄かと、
唾を呑み込み蜜蜂みたいに羽根を拡げていたところ、
思いもかけず夕食時、大皿に摘んだばかりの果実が、羞《はず》かしそうに野良着のままで現われた。

生まれてこのかた味わったことのない品種だから、
まずはふくよかな横顔を眺め見んものと、
馬の乳房に似た一粒をつまみ上げた。
ずっしりとする感覚は、どうみても巴旦杏《はたんきょう》の重みだ。
含むと肉は軟らかく、迸る汁液の甘いこと。

だからこそ、ここトルファンの古代の墳墓
アスターナ古墳から発掘される死者の副葬品から、
しばしばローマ帝国やソグドの金貨や銀貨とともに、
この干し葡萄が特効薬みたいに発見されるのかも。
気温は摂氏四三度、酒の香りに又もほろ酔い気分。

サラサラと音をたてて側を流れるカレーズの水は、

いつまでも尽きない調べを奏でているが、
わたしはいつのまにか底無しの泥沼に押し流される。
あたかも葦の茂みに棲息する野獣みたいに、
絨毯の葡萄の唐草模様にがんじがらめに縛られて。

高昌故城の駱駝

いつまでもモグモグと飽くことなく口を動かし、
反芻しつづけるお前は何を食《は》んでいるのか。
二重《ふたえ》のまつげを半眼に見開き、耳を立て、
酷熱の太陽は容赦もなく射そそぐ
古代人の懸命に築きあげた泥造りの古城のなかで。

二つの山岳みたいな瘤を背中に走らせ、
ながい頸を悠然とひの字にもたげ、
ユーラシア大陸の臍とも呼ばれている
海抜零度以下の艾丁《アイディン》湖の傍らに蹲《うずくま》って、

周りには友はいない。ただお前のみが聞き耳立てる。

つむじ風が舞い上がるたびに、
かつて親のまた親から聞いた戦場での銅鑼《どら》の音か、
時折かげる日輪は月光とともに砂丘の背後から、
怪しげに近寄る念仏三昧の鐃鉢《にょうばち》の響きをもたらすか。
頂のない古い寺院の壁際でお前は黙って眼を瞑《つむ》る。

またも、ジリジリと流砂が金色に輝きはじめる。
空ろな古城の洞窟にいまなお潜みつづける
声をも上げない群れなす白い蛇どもが、
おもむろに目を覚ましては、身をよじらせ、
お前の首に結わえつけた手綱にじわりとにじり寄る。

やつらにはどんな呪文も役にはたたない。

一途に見境もなく舌を弓なりに引き絞っては、
獲物めがけて網をはり巡らそうとするばかり。
フタコブラクダよ、お前の様子を眺めていると、
なぜか、わたしは泉の湧くように己の罪に苛《さいな》まれる。

*高昌故城《ガオチャン》。トルファン市の東南約四〇キロのところにある故城で、最盛期には二万戸が建ち並び人口は五万であった。最初は紀元前一世紀の高昌壁で、後に前涼の高昌郡の統治から麹氏の高昌王国の都へ、さらに唐の西州統治の中心地および回鶻高昌国の王都となるが、一三世紀に無人の廃城となる。

**艾丁湖《アイディン》。トルファン盆地の南部にあり、イスラエルの死海、ガリラヤ湖に次ぐ海面下一五四メートルの湖である。

火焔山

どこを見まわしても、生命をもつものの
影らしきものは、まったく見当たらぬ。
ただ在るのは、カッカッと反射する太陽と、
牙を剥き出し、憤怒の形相をした
ウイグル語で、紅い山と呼ぶキジルタク。

山脈《やまなみ》全体が、ものの見事に阿修羅《あしゅら》のように、
変貌を遂げるのは、酷暑の夏の八月。
山肌の紅い砂岩がしだいに熱を帯び、
もはや、耐えにたえ、度を越すと、

眩いばかりの煌《きらめ》きと悲しい慟哭の声を出す。
どう見ても、人間の怒りに狂う姿態でない。
ながいながい気も遠くなる何万年もの、
地面がまだ海底にあったジュラ紀からの
積もりつもった溜息と苦悶の叫びだ。
あの身を捩《ね》じりあがく、のたうつさまは。

眼を逸《そ》らすでない、耳を閉ざすでない。
あれほどまでに烈しい焔を吐くからには、
きっと、苛酷な枷《かせ》が嵌《は》められているはずだ。
だが口があっても話せず、手があっても、
見せないのは、陽炎《かげろう》燃え立つ山のみでない。

あれは、付与された自然環境を、おのが

財産のように独占する者への断罪予告では。
あれは、棘《とげ》ある真理をないがしろにし、
甘い蕩《とろ》ける舌を信ずる人間どもへの
竪琴奏でる英知の切なる信号かも知れぬ。

＊火焔山。新疆ウイグル自治区のトルファン盆地の中北部に聳える山脈で、東西一〇〇キロ、南北幅約一〇キロ。主峰は海抜八五一メートル。火山ではない。

交河故城

天山山脈の東端、積雪のボグダの峰から、
延々と海面下に湖水を湛える艾丁湖《アイディン》へと、
滴り流れ来る大河沿河《ダーホーイエン》が、
右と左に分岐する台地の上にそそり立つ城塞。
それが有史以来の天然の要害、交河城。

まったく鴎でなくても空から眺めれば、
航海中の巨大な軍艦だと見まちがえる。
「漢書」の西域伝には、
河水分流シテ城下ヲ繞《めぐ》ル、故ニ交河ト号スと、黒々と筆も躍るように記されていた。

紀元前三世紀姑師《こし》国によって築城され、
以後、次々と所属は変わるが、
ここが西域の一大軍事拠点だったのは確か。
唐の詩人岑參《しんじん》の詩にも、
平明ニ輪台ヲ発シ、暮ニ交河城ニ投ズと唱《うた》う。

だが、いま断崖《きりぎし》の頂に立つも、
眼を遮る建築物らしきものは絶えてない。
あるのは荒涼とした人住まぬ空ろな空間だけ。
衛兵の英姿も凛々《りり》しい駿馬の嘶《いなな》きもない、
あるのはただ黄色の土塊の残骸の海。

首を傾げ耳をすますと聞こえて来るのは、

永遠の彼方からサラサラと、
さざ波のように押し寄せる寂莫の他は、
いまだ朽ち足りぬ記憶の亡霊どもを、
しずかになだめる峡谷の河柳のはためきのみ。

天池の雪《シュエ》蓮《リエン》

六朝《りくちょう》期に糸が切れ、ぼろぼろの断簡状態で、
発見された紀元前一〇世紀の周の穆《ぼく》王の
西域遠征記録という「穆天子伝」を紐解くと、
かれが瑤池《ようち》と呼ばれる美しい湖畔で、
西域に君臨する西王母と親しく会見したとある。

迎えた彼女は笑みを湛えて歌をうたった。
「白雲天に在れども山稜おのずから出で、
道はるか遠けれど山川これを隔てたり」と。
この湖についてはは古来いろいろ耳にするが、

やはり天山山脈のボグダの峰の天池の説がよい。

それに、青空にたなびく白雲の波がしらを、
背鰭を立て乗りこえてゆく大魚のような山脈《やまなみ》と、
はるばると杖を片手に潜り来た雲杉林に、
放牧してある伊犁《イリ》馬や仔羊たちの柔《やさ》しさと、
氷河のしたたる水の湧く底の知れない湖がよい。

でも、それにもましてサンサンと射す陽光に、
大輪のオレンジ色にきらめく容顔《かんばせ》を、
燕さえ近寄らぬ断崖の岩間の雪を押し上げて、
覗き見している花の王、雪蓮をおいて、
仙女西王母、彼女に似つかわしい花は他にない。

きっと、かれもこの花のかぐわしい香りに、

陶酔し、しばし我を忘れたにちがいない。
だから、遥か蓬萊の島より訪れた旅人が、
この花を日干しにして煎じて飲めば、仙人も
及ばぬほど長生きできると聞けば、なおのこと。

＊雪蓮《シュエリエン》。多年生草木で高さ一〇センチから三〇センチ。花期は七月から八月。海抜二〇〇〇メートル前後の新疆ウイグル自治区の天山山脈、崑崙山脈とパミール高原東部の氷雪の山岳地区に生える。

シシカバブー

シシカバブー、言い慣れない発音だが、
聞いた途端にすぐにも涎《よだれ》が垂れそうな感じ。
まして串《くし》に数珠つなぎに刺されて、
紅々と燃える無煙炭の焔に炙《あぶ》られながら、
ふわりふわりと漂い来る匂いのなんと芳しいこと。

漢字では「拷羊肉串《カオヤンローチュワン》」とつづるが、
もともとはチュルク語から広まったことば。
羊の肉を小さく薄切りにして、鉄串に刺し、
火に焼きながら唐辛子を振りかけ、

塩と安息茴香《ういきょう》を少々加え、数分するとでき上がる。

食通といわれる中原《ちゅうげん》の漢族のひとびとでも、
ここシルクロードでは口を盛んに動かしながら、
親指を突き出して「すばらしい」という仕草。
シシカバブーの味の源泉を辿り始めると、
素朴な古代人の暮らしが山間《やまあい》の薄霧のように蘇る。

前漢時代の墳墓だった洞庭湖のほとりの
馬王堆《まおうたい》の地底より牛や鹿の肉の串刺しの遺物が、
二〇〇〇年前の状態で出土したと聞くが、
いやはや紀元前一〇〇〇年の正真正銘の代物が、
天山南路の且末《チエモー》の熱砂の中で見つかっている。

細長いが、ややくねった紅柳《ぎょりゅう》の二本の枝に、

串刺しにされ焼かれる前の雄羊は、その頃、
どんな香料をまぶして、神に捧げられていたのか。
わたしはいつのまにか絶壁をずり墜ちる
仔羊《こひつじ》となり氷河期のボグダの山脈《やまなみ》を彷徨《さまよ》っていた。

＊紀元前一〇〇〇年のシシカバブー。新疆ウイグル自治区且末県扎魯洪克郷《チャルーホンコー》で出土。現在、ウルムチの新疆博物館に陳列されている。

II

銀山磧

古来、中国の文献で西域のオアシス
トルファン盆地からタリム盆地へぬけるには、
是非とも経由しなくてはならない難所のゴビだと、
記載されている銀山磧《ぎんざんせき》は、
字面《じずら》から銀色に輝く山間《やまあい》の河原だと、

ごく素直に頭に蜘蛛が巣をかけるように、
思い浮かべていたわたしだったが、いやいや
来てみてわたしは無様《ぶざま》にも網に捕らえられた蝶だった。
トクソンの町から突厥《とっくつ》語で銀山を意味する

庫米什《クミシ》まで息も吐く暇のないように、

東から西へ銀灰色の衣におおわれた山々が、
くねくねと身を捩じらせ、
その狭間を道はあたかも三途の河を巡るように続き、
行けどもゆけども視界からは、
活気みなぎるみどりの地平ははずされていた。

なるほど「双双タル愁泪ハ馬毛ヲ沾《うるお》シ、
颯颯タル胡沙ハ人面ニ迸《ほとばし》ル」と、
この地に来た唐代の詩人岑參《しんじん》は詠嘆の詩句を残したが、
ほそぼそと涙のしたたるように流れる小川には、
湿気を求めて喘ぐ駱駝草が疎らに生えていて、

この世に樹海が広がり花匂う草原があるなど、

いくら見渡し、模索しても想像さえもできかねる。
しかしだからこそ、わたしには行く手はるか
彼岸にかける憧憬が天の河となり、
大空を昼夜を分かたず燦かせているのだと思えてならぬ。

＊岑參の詩「銀山磧西館」の詩句に「銀山磧口風似箭、鐵門關西月如練、双双愁泪沾馬毛、颯颯胡沙迸人面、丈夫三十未富貴、安能終日守筆硯」とある。

飛沫を上げる孔雀河

なぜ、まるで水一滴とてない砂漠を、
砂煙を立て、疾駆する汗血馬のように、
きみは山間《やまあい》の岩壁と体当たりし、
飛沫を上げて流れ下るのか、孔雀河。
名前のごとく淑《しと》やかな河ではなかったのか。

なるほど、きみの体内に噴出する息吹きが、
どこからもたらされたのか、分かったよ。
きみの生まれは、天山山脈の南麓。
天馬の嘶《いなな》き跳ねるバインブルグ草原。

だから、火のように熱い岩肌もなんのその。

だが待てよ、孔雀のいわれは何による。
西部の太陽が昇ると黄金色に照り映え、
羽根をも紅柳《ぎょりゅう》のように染め上げるためか。
それとも、史上名高い鉄門関を馳せ下り、
タリム盆地で絢爛《けんらん》たる尾羽を拡げるためか。

古来、きみの気迫にとっさに呑まれ、
しばし佇み望み見た文人たちはいたものの、
橋ハ千仭ヲ跨ギテ危ク、路ハ両崖ヲ盤《めぐ》リテ窄《せま》シと、
戍楼《じゅろう》の壁に断腸の懐いを、
書き残した岑參《しんじん》ほどの詩人はいない。

いまもなお、つづら折の峡谷を、

鉄蹄をこだまさせ下り来る紺碧のきみの
勇姿に恋い焦がれ、枝垂《しだ》れ柳と胡楊林が、
葉うらをハタハタと靡かせていて、待てど、
きみの仲間の鴫《しぎ》や鴨たちは近寄らぬ。

*鉄門関。新疆ウイグル自治区のコルラ市と塔什店《ターシディエン》との山谷に位置していて、古代タリム盆地へ入る要衝で、兵家必争の地であった。

**岑參の詩「題鐵門關樓」に「鐵關天西涯、極目少行客、關門一小吏、終日對石壁、橋跨千仭危、路盤兩崖窄、試登西樓望、一望頭欲白」とある。

水のない荒れ果てた土地のように

行けどもゆけども天と地との接する地平線のみが、
右から左に真一文字にずばりと一刀両断されているばかり。
タクラマカン砂漠の太陽はすさまじいエネルギーで照りつける。
時間も空間もさながら溶解してしまうほどの熱気である。
道の両側の大地は世界地図でも眺めるような地割れ。

河でもないのに見渡すかぎりいちめん皹《ひび》割れていて、
まるで突如、矢を射られた一羽の鷹の鳴き声みたいに、
まるでいっしんに一滴の潤いを求める胡楊の葉みたいに、
まるで何日も飲まず食わずの旅人のひきつった両眼みたいに、

言葉を発せずにいちずに叫ぶけたたましい悲鳴がこだまする。

罅割れているからには、かつての水嵩の量は不明だが、
かならずや土を湿らすほどの水気は存在していたはず。
それも、これほどの地域がゼーゼーと息切れしているとは、
いったい全体なぜなのかと首を傾《かし》げて考え込むが、
ただ、炎天の荒野を燃え盛る太陽のせいだとは言い切れない。

そういえば、この地球上でわたしたち人間どもが互いに、
昼夜を分かたず懸命に敵を一瞬にして殺戮する武器を、
血眼になって製造している様相は、以前にはなかった。
かつて、この世界で神に似せられたわたしたち人間どもが、
寸刻を惜しんで自分自身をも破滅させようとした覚えはない。

とすれば、この大地の罅割れは罪深いわたしたち人間どもへの

思慮のあふれる恵みではあるまいか。口を大きく開けよ、
手を高く挙げよ、わたしたち人間どもの途方もない横暴さを、
ただちに止めよとの厳しい聖なる告知なのかも知れない。
わたしはしみじみと省る、この大地に刻まれた罅割れを見て。

鳩摩羅什《くまらじゅう》の翻訳

紅柳《ぎょりゅう》のみどりの並木が左右に茂る庫車《クチャ》を通り抜け、
全山一木一草も生えてない峨々たる剣山山脈を跨ぎ、
またも砂漠のなかにトカゲみたいに迷い込んだが、
ひと山越すと、忽ち眼下に波打ち流れる谷川が出現した。
そこが著名なキジル千仏洞の所在するムザルト渓谷だった。

わたしが高僧鳩摩羅什《くまらじゅう》に出会ったのは、
赤灰色の岩窟に鎮座する無数の諸仏の見下ろす広場でだった。
法衣に身をつつみ腰をかけ無念無想の境地の銅像である。
耳をすますとただ聴こえて来るのは、

かのサラサラと三千世界をたゆたう流転の音声ばかり。

かれは幼時、母に手を取られ、ここ亀茲《きじ》国から、
鳥も通わぬ山また山のカラコラム山脈を越え、
踏みしめる熱砂も瞬時に空飛ぶ西南の異境の地カシミールで、
仏典はもとよりありとある学問を身に染み込ませ、
ダルマも及ばぬほどの修行を重ねて帰国して来た傑物である。

その時代は唐の玄奘より三世紀も昔の後秦のころ。
西域でのかれの声望はやがて中原にも達し、
はるばると綺羅《きら》に飾った三頭立の馬で都長安に迎えられ、
仏典をサンスクリットから漢語へ翻訳させられた。
その数、阿彌陀経、法華経、維摩経など七四部、三八四巻。

本来ウイグル族であるかれが書き残した文書には、

次のことばがなおも墨痕鮮やかに認《したた》めてある。

「多分、わたしの翻訳は後の世に伝えられるものと、誓いをこめて願うのだが、もし原義を失しているのがあれば、死後、必ずやわたしの舌は焼き爛れるに決まっている」。

＊鳩摩羅什《くまらじゅう》（三四四〜四一三）。古代の高僧、著名学者、翻訳家。中国仏教では真諦、玄奘とともに三大翻訳家と称えられている。

＊＊キジル千仏洞。新疆ウイグル自治区拝城県克孜尓郷の東南七キロの地にある。洞窟は総計二三六窟。建設は大体三世紀から八世紀にわたる。古代の亀茲仏教と文化ならびに中国と中央アジアとの交流研究に重要な意義をもつ。

スバシ故城の原種の西瓜

わたしがその原種の西瓜と出会ったのは、
天山南路の庫車《クチャ》県城から道路とは名ばかりの
いちめん砂礫のゴビを溯ること四五分、
眉間めがけて覆い来るカルタク山の南麓、
銅廠河《トンチャン》を挟んで対峙するスバシ故城の遺跡であった。

むろん、それはわたしたちが舌打ちしながら
いま食べている種なし西瓜とおなじように、
ながい蔓状の茎で地面を四方八方這いずり廻り、
枝分れした巻きひげで静かに辺りを窺っているものの、

ただ花弁の色のやや薄いのが異なっていた。

かつて唐の玄奘もインドへの取経の路程で、
吐火羅《トカラ》語で寺院を意味するこの土城を訪れたというが、
見回せど、他にみどり一つのない大地では、
かれとて土壌に根を張るこの獲物を見逃すはずはない。
それに秋分の頃だったというからなおのこと。

いまは八月、その実は掌で握れるほどの太さだが、
まだ未熟で味わおうにもあじわえないが、
その紅い果肉はさして喉を蕩《とろ》かせることはないだろう。
だが、どうも蜘蛛の巣みたいに気がかりだ。
正直言って、「原種」であるという一点が。

なぜなら、わたしたちの好む種なし西瓜は、

人為的につくりだされた三倍体の染色体の雌蕊《めしべ》に、
二倍体の花粉をかけて実らせた代物で、
人間の手をかけないことには全然繁殖能力はない。
自生力あるタクラマカン砂漠の原種とは雲泥の違い。

＊スバシ故城。魏晋時代の仏寺の遺跡で、河を挟んで東西二寺院に分かれている。まったくの廃墟のみ。

＊＊吐火羅《トカラ》。現在のアフガニスタン国内にあった古代のガンダーラ国で、アム河の南、パミール高原の西、ヒンドクシー山脈の北に位置していた。この地域は紀元前三世紀にギリシャのアレキサンダー大王に征服され、植民地大夏国（バクトリア）が樹立されていたが、前漢時代に月氏に奪取された。

マシュラップの舞踏

みどり連なる草原を見下ろす山の麓、
大鷲が天空を輪を描くかのように、
小鳥が谷川で囀るかのように楽曲は始まり、
メロディーに誘われた男女が、
それぞれ民族衣装に身を包んで舞台に上がる。

やがて桑の木で作った弦楽器タンブルが、
ひときわ高く鳴りひびくと、
いっせいにひとびとは背を屈め、
叢を掻き分け枝を折り暗い森へ忍び込む姿勢。

横笛はそれに応えて緊張をみなぎらせ、

熊が出たか、雪豹が現れたか、
打楽器のナホラが慌ただしく吠えはじめ、
男は斧や大刀を振りまわし、
女は手に松明《たいまつ》を点して後につく身のこなし。
それを羊の皮の五弦のラワープが追っかける。

はたと、狩人が棒立ちすると、
舞踏の輪は波紋と化して、どんと拡がり、
追い詰められた獲物の歯ぎしりか、
女の握る鉄輪をつけた打楽器のダープが、
キリキリと旋風のように右へ左と駆けめぐる。

わき上がる拍手と歓呼、あらゆる楽器が、

二人の勇者を称えて無我夢中の叫び声。
古代から西域一帯に伝わる
躍動するシルクロードの歌と踊りは、
いまもなおオアシスの村びとたちの心の絆《きずな》だ。

＊マシュラップ。ウイグル語でもともと集会の意味だが、いまでは歌と踊りを伴う民間の舞踏会を指す。舞踏の形式は村々で違いがあるが参加は自由。内容はかれらの古代の放牧狩猟生活を反映しているという。

砂竜巻

早朝、オアシスの町であるクチャをあとにして、
終日、だだっ広いタクラマカン砂漠を横断する。
白いマントを被るハンテングリははるか右手に峙《そばだ》つものの、
見渡すかぎり荒涼とした火の領土と、
それが発散するかまどのなかの灼熱のよどんだ空気。

白雲は空を微動しているとはいえ、
地平線と青空はいつまでも密着したまま離れない。
ところが、突如地響きたてて土壌の皮がめくれ上がった。
砂竜巻が発生したのだ。見れば、喚声あげて、

やつらはくるくると土埃《つちぼこり》を空中高くかっ攫《さら》って逃げてゆく、

まるで草原を縦横に疾走する野生の馬の群れみたい。
そういえば、この天山南路を西から東へ流れるタリム河は、
「手綱《たづな》を放れた馬」というウイグル語。
そのむかし漢の武帝が西域の大宛国《だいえん》から得た汗血馬は、
一日に千里の道をも駆け抜ける天馬だったという。

だが、満目蕭条とした砂礫ばかりの原野を、
幾すじもの螺旋を右や左へ描いて駆け巡る正体は、
透かして眺めればながめるほど、どう見ても天女の舞いだ。
おなじ西方のサマルカンドやタシケントから駱駝に揺られて、
葡萄やザクロや胡桃《くるみ》とともにやって来た胡旋《こせん》の女の群れだ。

ソグド出の音楽家の奏でる笛や太鼓に合わせて、

急テンポに腰をひねって踊る速さは、つっ走る車の輪とて、これに比すればものの数ではない。だからこそわたしは、華やかな天女たちの胸の内には、きっと暗雲が逆巻き、雨の涙に咽《むせ》んでいたはずだと無念の思いに駆られっぱなし。

＊ハンテングリ。天山山脈の高峰の一つで新疆ウイグル自治区のアクス地区の北部、中国とキルギスタン、カザフスタン三国の境に聳える。海抜六九九五メートルあり、常に積雪と氷河に覆われている。

＊＊胡旋《こせん》。西域の舞楽で、康国（サマルカンド）などで流行した。だいたい唐代の玄宗の開元、天宝年間（七一三～七五五）に中国国内に伝わった。

＊＊＊ソグド。西域の古代の国名で、アム河とシル河の流域に位置し、この国の人々は紅い頭髪に緑眼、髭を生やし、特に商人としてシルクロードで大活躍をしていた。

山脈《やまなみ》の肌の色

車に身をゆだね雲一つない大地を、
突っ走っていたところ、突然、前方はるか、
凄まじい砂埃が幾すじも舞いあがる。
すると、大量の馬の群れが天空に躍るがごとく、
眥《まなじり》を決し、蹄を蹴立てて殺到する。

たてがみを靡《なび》かせ、全身に汗を光らせて、
褐色の栗毛に青白の葦毛に赤鹿毛。
どれもが足並み揃えてギャロップ歩調、
アクスより柯坪《コーピン》県に踏み込んだ一帯で。

そういえば天山山脈の西の端はかつての大宛国。

漢の武帝が「天馬来る」と豪語した汗血馬は、
西域に風穴開けた張騫《ちょうけん》の言を入れ、
苦戦の末に大宛国、いまのウズベキスタンの
フエルガナ盆地から捕獲した駿馬のこと。
陝西省茂陵の武帝墓より出土の金の馬がその証《あかし》。

もたらされたその数は三〇〇〇頭。
頸筋を立て、筋骨逞しく嘶きを上げながら、
一本の草木とて生えてない砂漠に消え去った。
やがて砂竜巻の余塵の背後からおもむろに、
姿を現したのは幾層もの異様な山脈の色だった。

それは実に奇想天外の顔貌だった。

なぜこのような現象が夢幻のように現れたのか。
わたしは密かに周囲をふりかえりみる。
己れの感知しない深奥の存在の目に、
未知の領域から絶えず凝視《みつめ》られているのでは。

＊武帝墓出土の金の馬。青銅製鍍金で一九八一年に陝西省興平県の茂陵第一号無名塚より出土。

カシュガルの班超城

カシュガル市を東西に両断するトゥーマン河畔を、
東湖公園に沿って南下すると、まもなく
太陽に紺碧に輝くサイティ・アリスラハンのパゴダ、
そのすぐかたわらがわたしの目指す班超城である。
城とは言っても金の鯱鉾《しゃちほこ》を頂く名古屋城のようなものではない。

かしらの班超を中心に左右に三六人の部下たちが、
それぞれに鎧に身を固め、手に手に剣や槍を持つ石像を、
ぐるりと高い石垣で取り囲んだ小さな砦の跡である。
指揮官は高台に立ち左手を腰に回し、片方の手を胸元に上げ、

しきりになにか訓示を垂れているしぐさ。

「虎穴に入らずんば虎児を得ず」という語を吐いて、一気に楼蘭の匈奴の陣営を急襲した話は、いまも生きいきと少年時に学んだ東洋史の授業を蘇らせるが、中国の西域経営の嚆矢《こうし》といえば、やはりなんといってもかれを措いて他にはいない。

異民族政策の智将といわれた父班彪《はんぴょう》の後を継ぎ、史書『漢書』を編集した学者班固を兄にもち、子の班勇は広漠たる原野のカラシャルと哈密《ハミ》に、孜々《しし》として水路を引き屯田開拓を推し進めた人物で、眷属揃ってタクラマカン砂漠の土壌とは切り離せない関係だ。

空は快晴、鳩が数羽しずかに旋回しつづけている。

西には遥か雪をいただくパミール高原が佇まい、
みどりのオアシスには羊たちが跳びはねているのに、
なぜ、屏風のような山脈が峙つ人智の世界では、いまだに
絶えることなく殺戮が繰り返されるのだろう、班超よ。

ケトマン

ながい年月、シルクロードの文献を紐解いていたわたしだが、
なんとも解《げ》せない一つのことばにいつも絡みつかれていた。
それは「ケトマン」という独特の農業用具のことである。
ところが、そいつがとうとうわたしの前にいとも容易に躍り出たのだ、
アフガニスタン国境に近いカシュガルの職人街のまっただなかで。

そいつはタクラマカン砂漠のオアシスの農民たちが、
汗水流してサンサンと光り輝く無垢の太陽の下で、
黙々と絶対神のアラーを祈りながら耕作する鍬の一種だった。
鍬とは言っても日本の鍬のように平ぺったく斜めに傾斜してもない、

また、だからと言って唐鍬みたいに刃幅の狭い代物でもさらさらない。

言うならば、刃が分厚い楕円形の西域特有の鍬とでも言おうか。
まるで天蓋をすぽっと脱いだ青空市場の敷石の路上に、
真っ紅に焼けた炭火の大きな七輪を据えた鍛冶屋の前で、
そいつは頭つるつるの老人と斑髭《まだらひげ》を生やした男の二人に叩かれていた。
これでもか、やいこれでもかと鎚音カンカンと周りをどよめかせていた。

なるほど、これほどの力と魂とを必死に込められれば、
ただ溶鉱炉から銑鉄を型に流したわたしたちの鍬とは異なり、
さしものなまくらとても全身火だるまとならざるを得ないはず。
わたしには読めて来た。かれらが古代から営々と幾世代にもわたって、
涸れ果てた砂漠の下に潜り込み、命の泉のカレーズを掘鑿し続けるのが。
わたしには読めて来た。これを手にしたこの地の農民たちが、

眩いばかりの知恵の光に照らされて白鳥の群がり飛ぶ大空の下で、
疲れを忘れて終日、いっしんに不乱に大地に不滅の記録を刻むのが。
この卑小とも言うべき人間どものひたむきな生き方に、いかなる神とて、
手を差し伸べずにはいられまい、眼を注がずにはいられまい。

木菟《みみずく》の鳴き声

ポーポー、ポーポーと、深夜、
窓の外の異様な音で目を覚まされた。
まぎれもない、木菟《みみずく》の鳴き声である。
タリム盆地の西の果ての町カシュガルで、
夜の猛禽と恐れられているあの鳥に。

ガラス越しに眼を凝らして、
正体を把えようといくら暗中模索しても、
周りは天を突き刺すポプラの樹林。
あの鳥のねぐらは樹幹の洞穴のはずだが、

到底、そんな住家は見当たらない。
ほら、また無気味な声がする。
人間をこれほどまでに恐怖に陥れる魔力。
天女のごとくに羽音も立てず
飛翔できるあの鳥の鳴き声こそは、
きっと餌食の小動物には鋭利な刃物。

昼間、身動き一つしないで、
耐えた桎梏《しっこく》を撥ね返すかのように、
暗黒の到来とともに光る三次元的視力と、
地底に潜むミミズの巣窟みたいな
羽毛《うもう》の蔭にかくれたあの鳥の鋭い聴覚。

いくら巧妙に擬態をつくろっても、

この身はすでに的確に捕捉されている。
今はただかの秘術を如何に会得するかだ。
世の喧騒に心乱されることなく、
泰然と更けゆく闇夜を過ごさねば。

Ⅲ

河という概念

来る日も来る日も雲一つないカンカン照りの、
視線を遮るもののない一望千里の天山南路を駆け抜けたが、
行けども行けどもわたしの頭にとぐろ巻くタリム河は探し当てられなくて、
やっと西の方ヤルカンドの大橋でやつの尻尾を掴まえた。
ただし、怒髪天を突くような図体《ずうたい》はまったく感じられない。

かつてここを通り過ぎたマルコ・ポーロもたぶん同感だったにちがいない。
はるばるとあの水の都のヴェニスから船や馬の背に揺られ、
アレキサンダー大王の遠征軍さえも越えられなかった
海抜七〇〇〇メートルもあるパミール高原と、

ヒンドクシー山脈との狭間《はざま》ワカン渓谷を下って来たかれではあったが。

そう、譬《たと》えれば長年飼い馴らされた猫とでも言えようか。
爪を切られ牙を抜かれ、飯にありつかんものと、
懸命に媚態を装うしぐさにも似たさざ波一つ立たない流れだ。
橋の長さは目算《もくさん》しても、せいぜい一五〇メートルだが、
延々とタクラマカン砂漠の地下を底流する中国で最も長い内陸河なのである。

ただし、そう言う猫とて一度《ひとたび》ことあれば飛竜にもなる。
そもそもタリム河とはウイグル語で「手綱《たづな》を放れた馬」のこと。
もしも、わが意に添わぬとあらば天地を揺るがす嘶《いなな》きをあげ、
稲妻のごとくたてがみを立て四本の蹄を蹴たてて、
人間どもには察知できない正体を出現させて荒れ狂うことだろう。

一滴の水も一縷《いちる》の流れも、この見渡すかぎり乾燥した土壌では、

このうえもない宝の真珠であり貴重な玉石なのだ。
だから、この河は日頃は穏やかな目立たぬ素顔を呈していなくてはならない。
この河が悲しみに耐え切れないで嗚咽《おえつ》し涙を流しはじめるや、
どれほどの苛酷な災難が人間世界に到来するか到底測り知れないからだ。

ポプラの並木

タクラマカン砂漠というからには、
見渡すかぎり、どこもここも砂礫地帯や砂丘ばかりが、
延々とひろがっており、夏は灼熱の太陽が支配し、
冬は空を飛ぶ一羽の鳥もかよわぬ極寒の気候で、
よもや、人間の住める土地ではないと思っていたが。

来てみて、自分の甘さに気がついた。
ながい道程《みちのり》を、出る汗もないほどに歩きとおして、
まったく川に出会わない、だから水はないはずなのに、
乾ききった空気、だから生き物は居ないはずなのに、

一歩オアシスに足を踏み入れた途端、まるで別天地。

どこから湧いて来るのか、せせらぎは音をたて、
水鳥が泳ぎ、水稲は風にたゆたい、合歓《ねむ》が花咲き、
無花果《いちじく》が葡萄が、それに桃、梨、林檎《りんご》が樹枝にたわわ。
タクシー代わりのロバは鈴を鳴らして路上を行き交い、
茶色のチャドルで顔を覆った女性たちが闊歩する。

どうしてオアシスがこんな豊かな天国なのかと、
よくよく考えてみて気がついた。ポプラのお陰だと。
わたしたちは砂漠に点在するどのオアシスに入るにも、
道の両側に槍のような樹幹を天高く突き出し整然と、
護衛する儀仗兵のポプラ並木に出会わないことはない。

この樹木はポプラ科に属しているけれど、

本名は胡楊《こよう》という楊柳科の落葉喬木で、その最大の特徴は、
大量の塩分を含有する砂漠の土壌でも繁茂可能ということだ。
ただし忘れてはならない。どのオアシスもこのポプラが、
一本一本人間の手によってながい年月植林されて来たことを。

＊チャドル。新疆ウイグル自治区のイスラム教徒の女性は、親兄弟と夫以外の男性には顔をみせない。そのために顔を覆っているが、その黒や茶色などのヴェールのこと。

和氏《かし》の璧《へき》

陽関とは玉門関の南の関所という意味だが、
玉《ぎょく》の名のつく北の関所は、どんな含みなのかと、
頭を捻っていたが、どうやら迷路を抜け出せた。
分かればいとも簡単。それは西域南道から、
駱駝に揺られて来る璧玉が、ここを経過するためだ。

とすると、秦の始皇帝期に活躍した哲学者、
「韓非子《かんびし》」の述べている楚山で採れたという玉璞《あらたま》も、
所有者が和氏と記されているので、はるか西域の
終日、砂塵の荒れ狂う和田《ホータン》産の玉であったのでは。

玉は少々の磨き方では玄人にも鑑定できかねる。

そのために、かれは一度ならず二度までも、
献上したのに残虐な二本の足斬りの刑に処せられた。
古代中国では、この宝石は霊魂が宿ると信じられ、
金銀よりも貴ばれ、十五の城にも値する代物で、
ひとびとの生死をかける憧れの的だった。

そんな素材の紛れ込む和田の東を流れる白玉河に、
影をおとす積雪の崑崙山脈に見倣《みなら》って、
ズボンの裾を捲《まく》し上げ、鵜の目鷹の目探してみたが、
近眼なのが玉《たま》に疵、これが本物なのか、
あれが贋物なのか、からきし識別つきかねた。

あげくの果ては、一個さえ摑み得ずしぶしぶと、

冷たさで斬られるような雪解け水から、
群れを外れた鴨みたいに岸辺に跳び上がったが、
心は釜ゆでの刑。いまだ玉石混淆の癖をもつ人間に、
壁の真贋《しんがん》を見分ける資格などあるはずがない。

＊十五の城。連城の璧ともいい、司馬遷著『史記』の「廉頗・藺相如列伝」に記載がある。

棉畑のなかでの祈り

夕暮れどき、ホータン郊外のヨトカン遺跡を訪ねる。
吹きすさぶ土埃のなか、ポプラ並木は天を突き刺し、
雪をいただくコンロン山脈は遥か南に壘々と峙つ。
なのに、街路樹に並行して緑の棉畑がつづき、
この古代の于闐《うてん》国の城に到着する前に意外な光景に遭遇した。

八月、棉の花のピンクに咲く畑のなかでは、
いとも神々しい厳粛な祭儀がとり行われていた。
ムスリムの毎日五回のメッカの神殿への礼拝である。
いま執り行うのは日没直後の沈黙のなかでの跪拝《きはい》、

ターバンを巻き髭がむしゃらの農夫が三人祈りを捧げている。

時折、各自の唇が動いているからには、
きっと口々に願いのことばが唱えられているにちがいない。
確かコーランでは、最後の審判の日が来る前に、
大地は割れて裂け、星座は四散し、海は大津波を惹起し、
次々と天地がひっくり返るほどの災害が起ると記されている。

わたしの心を襲った刃《やいば》は、かれらの祈る畑の棉花。
それというのも、「タルムード」に、この棉は、
「イェドゥーア」という魔法に使う動物の骨だといい、また
その動物は「スキタイの仔羊」だと説く書物すらあるため、
つまり棉の茎にはメロンみたいな仔羊が実るというのだ。

そもそも、この話は古代のユダヤ人たちが、

中央アジアの遊牧民だったタングート族のもたらす
見たことのない真っ白でふっくらとした棉花を、てっきり
羊毛の一種だと誤解したために生じたということなのだが、
わたしは昨今のパレスチナでの殺戮の原点だと思えてならない。

＊タルムードの説。「ミシュナ」の「キライム」第八章第五節およびそのサンスのラビシメオンの注釈による。（The Vegetable Lamb of Tartary ;A Curious Fable of the Cotton Plant by Henry Lee:London 1887　一九九六年四月博品社刊尾形希和子武田雅哉訳『スキタイの子羊』）。

＊＊スキタイ（Scythians）。紀元前一〇世紀ごろ、内陸ユーラシア大陸の草原地帯であるアルタイの東、内モンゴル地区にいた遊牧民だったが、やがて匈奴の攻撃に遭い前八世紀ごろから中央アジア、南ロシアに移住、スキタイ王国を樹立した。が二世紀には新たな征服者であるサルマートに、クリミヤ半島に封じ込められ遂に滅亡したが、歴史的にもっとも古い騎馬遊牧民族であった。その遺跡からは金銀銅の貴重な器具が出土する。

人首牛頭陶飲器

――ウルムチの新疆博物館にて

なんとも読み解くことのできない笑顔を湛えていながら、
眉は三日月形に峙《そば》だたせ、鼻筋は山岳みたいに際立ち、
空中で舞う小さなブヨの羽音までも逃さないほどの二枚の耳朶《みみたぶ》、
それに取っ手である細長い首の末端にも仔牛の頭部を刻み、
ながい人間の頭蓋骨の天辺に飲み口をつけたなんとけったいな杯だ。

このような器が存在することは確かに読んだ記憶がある。
そうそう、司馬遷の著書『史記』の「大宛列伝」に、
西域の騎馬民族の国である匈奴の捕虜たちが拷問の末に吐いた言葉だ。
「わたしどもの国王単于《ぜんう》は月氏の王を破って、

その頭蓋骨で酒を飲む器をつくりました」という条《くだり》にあった。

ほんのこれだけの情報だったのだが、
実のところ、これが東と西を貫くシルクロードを、
あたかも岩山に洞窟を穿つように開鑿《かいさく》した漢の張騫《ちょうけん》派遣の口火だった。
長年、匈奴に頭のあがらなかった漢にしてみれば、
これこそ念願の中国古来の兵法「遠交近攻」の到来だと。

とはいえ、当時の匈奴の支配する勢力範囲は、
目眩《めくる》めくほどの広さだった。東は渤海湾から西はパミール高原、
北はバイカル湖畔から南はオルドス一帯にまで達し、
月氏の大月氏国は新疆ウイグル自治区の伊犂《イリ》盆地より、
追われおわれて大夏国、いまやアフガニスタンの北部に移り住んでいた。

何度も通訳を交替させ、ほうほうの体《てい》で帰国した張騫が、

二度の捕囚を体験した敵地で見て来た髑髏杯《どくろはい》とはどんな器だったか。
いま、わたしの眼前にある和田《ホータン》のヨトカン遺跡出土の杯に、
かれは、互いに自己の血を滴らせた馥郁《ふくいく》たる馬乳酒を注ぎ、
なみなみと心ゆくばかりに飲み交わすかれらの密約を見届けたか。

＊張騫《ちょうけん》。漢代に西域の国々に使いした使者でシルクロードの開拓者。現在の陝西省城固の人。建元二年（ＢＣ一三九）に大月氏に使いを命じられ、途中匈奴に捕虜となり一四年間拘束されたが脱出、大月氏に無事到着、使者の任を果たすなど功績がある。元鼎三年（ＢＣ一一六）に逝去。

空飛ぶ絨毯

夢みることはよいことだ。
あたかも凍った池から靄の立つように、
脱皮したばかりの蝶が羽を拡げるように、
失意の淵に沈んだ人間どもが、
いつの世でも生きる力を蘇えらせるからだ。

わたしは幼い頃、よく夢を描いた。
そのなかでつねに活躍するのは、
アラビアンナイトに出て来る
変幻極まりない空飛ぶ絨毯だった。

またもそれに、こともあろうに出喰わした。

タクラマカン砂漠を横断する
荒涼としたシルクロードの和田《ホータン》産の絨毯が、
なぜに世界にもてはやされるかというと、
先ずはこの地の良質の水に恵まれ、
原料である羊毛が弾力性に富めること。

それに、染料とする胡桃《くるみ》の皮や、
ザクロの花や砂棗《すななつめ》の茎と葉が、
このオアシスで豊饒に収穫されるため。
しかしそれだけでない。なによりも
ここに居住する女性たちの生への息吹きだ。

終日、機織り機の前に腰をかけ、

海がないので、海を描き、
河が涸れているので、河を掘鑿し、
道もない星の燦めく天空への絨毯を、
幼児のように飽きもせず織り続けるからだ。

ホータンの桑畑で

ウイグル語で「生きては戻れぬ死の砂漠」という意味をもつ
タクラマカン砂漠の南の果てのホータンに到着して驚いたのは、
町の周りは空漠とした砂と砂礫で取り囲まれていながら、
人間のすむ居住区のみがみどりの樹木で覆われていることだった。
それも天をも突き刺すポプラの並木と艶やかな葉っぱの桑畑に。

ホータンは崑崙山脈から流れ来る白玉河と墨玉河とに
挟まれた西域南道の中心都市のオアシスだから、
一年じゅうほとんど雨の降ることはないにもかかわらず、
河辺には葦が茂り、アヒルが群をなして泳ぎ、水稲は風に揺られ、羊は隊伍を組んで歩き、驢馬車は鈴を鳴らして幹線道路を駆けていた。

この町の重要産業はと聞くと即座に絹織物と絨毯と答えが返って来た。
そういえば、七世紀、インドにお経を取りに行って、
一七年間も彼の地に滞在していた玄奘が帰国の途中、
天険のパミール高原を越えやっと旅の疲れを癒したのがこの地だった。
その時、かれの脳裏には枯れた桑の大木が強烈に刻まれていた。

かれの著『大唐西域記』巻一二にある「蚕種西漸伝説」である。
遠いとおい昔のこと。この地区を支配していた国王が、
中国の国外不出の養蚕技術を得んものと入念に企んだ謀《はかりごと》とは、
王女を妃に迎える際に密かに蚕と桑の種とを盗み出させることだった。
彼女は意図した通りに帽子の中に隠して関所の検問を潜り抜けたと。

玄奘の眼に映った枯れた桑の大木とは他でもなく、

ホータン王妃となった中国の王女がもたらした種の芽吹いた原木だった。
炎天の八月、ホータンの広い桑畑を眺めながらわたしには見えて来る。
かれが二二匹の馬の背に積んだサンスクリットの原典を横目にし、
観音菩薩にも似た王妃の姿を一途に思い描いていた面差《おもざ》しが。

第二部　シルクロード紀行

I

シルクロードへの旅

シルクロードとは、絹の道。それは絹をシンボルに、古来、アジアとヨーロッパとを結ぶ道として、陸路、中央アジアを経由して、たとえ、それがひとすじの糸のような絶えなんとする道筋としても、東と西に分かれて暮らす人間たちにとっては、相互に文化的にも経済的にも、また政治的にも交流しあっていた往還道路だった。当時のひとびとが考えていた東と西の起点と到着点は、やはり古代、東方の文化の中心地であった中国の首都長安（西安）と、西方の文化の中心地であるローマ帝国の首都ローマであったことは当然のこと。

ただし、この往還道路は鼻唄うたって往き来できるような道ではない。なぜなら両者の間には、人間の行動を徹底的に排除する雲間に聳える積雪の山脈や炎熱と極寒の砂漠という自然環境と、人間が人間を襲撃する民族や国家間の対立関係が、峨々としてそそり立ち、その旅路は行けども行けども果てしなく極まりない危険があったから。そのよい典型的な例が、紀元前四世紀、ギリシャ全土を掌握し、やがて北は南ヨーロッパから南のペルシヤ、シリア、エジプトを平定し、東はアム河流域、シル河流域から北インドのバクトリアまで、敵する国々はもはやないほどの勢力をもったアレキサンダー大王でさえ、積雪と氷河に閉ざされた五〇〇〇メートル級以上の山脈の波うつパミール高原を越えることはできなかったのである。しかしそれでも、こころあるひとびとは、それほどの自然の障碍をも排除して、駱駝や馬や徒歩でひたすら自己の信ずるものを得んものと、昼夜をわかたず東と西の世界を互いに結ぼうと努力して来た。周知のように古代、北方の内モンゴルのゴビ砂漠からアルタイ山脈、ジュンガル盆地を経由するステップ路の他に、紀元前六世紀、古代ペルシャのダレイオス王時代より、西トルキスタンから小アジアまでは、道路網がすでに貫通していたが、さらにアレキサンダー大王の東征とローマ帝国の支配体制の強化策によって、ローマからパミール高原の西端までは、完全とは言えないまでも貫通していた。最後の難所として残されていた箇所がパミール高原から長安までの旅程であった。なかでも氷河時代には巨大な湖であったという北は天山山脈から南は崑崙山脈の高い山脈の壁に囲まれた広漠としたタリム盆地、またの名をタクラマカン砂漠ともいう想像を絶する苛酷な空間は難所中の難所だった。

古代、この地域を旅人たちは、三本の先人の踏み進んだコースを後塵を被りながら、渇に耐えながらフタコブラクダの背に揺られて往来した。その三本のコースとは、長安から西へ蘭州を経て、祁連《きれん》山脈を縦断して敦煌から北へトルファンから天山山脈を越えて、ウルムチ、イーニンへ向かう天山北路と、敦煌からトルファン、カラシャル、コルラ、クチャ、アクス、カシュガルへの天山南路（またの名は西域北道）と、敦煌から若羌《ルオチヤン》（チャルクリク）、且末《チエモー》（チェルチェン）、和田《ホータン》、カシュガルへのタクラマカン砂漠の南、崑崙山脈の北を通る西域南道の道筋のこと。この三本の道をまさによたよたと昔のひとびと、紀元前二世紀の漢の使者張騫《ちょうけん》が、五世紀には東晋の僧法顕《ほっけん》が、七世紀には唐の僧玄奘《げんじょう》が、それにシリア人宣教師アロペンらは馬に乗り、駱駝の背に揺られて、遥かなる西域の世界をあるいは東方の道の国を夢に描き、絹を蚕を桑の葉を紙を夜光杯を璧玉を、儒教、道教などを、そして胡麻《ごま》を胡椒《こしょう》を胡桃《くるみ》を葡萄を西瓜を無《い》花果《ちじく》を天馬を仏教、キリスト教、ゾロアスター教、マニ教、イスラム教などを互いにもたらした。だが戦時には、この往還道路も戦火の炎に燃えさかっていたのは言うまでもない。紀元前一〇世紀頃、内陸ユーラシア大陸の草原地帯であるアルタイの東、内モンゴル地域に居住していた遊牧民スキタイは、匈奴の襲撃に遭い中央アジアを横切り南ロシアに移住したし、前二世紀には、前漢の将軍李広利は、武帝の命令で大宛国（ウズベキスタンのフエルガナ盆地）を敦煌より出撃し、タクラマカン砂漠を横断、パミール高原を越えて攻略し汗血馬数千頭を得、また一三世紀初頭には、オノン河上流に生まれたモンゴル族の幼名テムジンことチンギス・ハーンは、数年にして周りの敵対する部族と戦い、タングートを隷属させウイグル族をも平定し、その勢力範囲は遥か中央アジアの黒海より中国全土はもとより朝鮮半島、太平洋沿岸地域までにも及んでいた。

イタリア人マルコ・ポーロが、ローマ教皇の使者として、はるばるパミール高原を越え、カシュガルから西域南道を経てモンゴルの上都に、国王フビライ（チンギス・ハーンの孫で、後の元の初代皇帝）を訪問したのはこの少し後だったが、やがてフビライの支配地域は西はアラビア半島から東部ポーランドにまで拡大していった。しかし、一五世紀に入ると、中国のイスラム教徒である提督鄭和《ていわ》が、皇帝の命令で七度も四階建ての主力艦を中心に、最多艦船二四九隻の大艦隊を連ねて、東アフリカ、アラビヤ半島、インド洋、東南アジアへ世界史上初めての大航海に出向き、一六世紀には、ポルトガル人の航海士ヴァスコ・ダ・ガマは、同じく船団を率いて大西洋からアフリカ西岸を迂回して喜望峰まわりのインド航路を発見。これを契機に船舶による海のシルクロードが盛んになるにしたがって、それ以前の駱駝や馬による陸のシルクロードが、陰りを見せはじめるのは当然の帰結であった。だがそれも束の間、地上に鉄のレールを敷設して、その上を貨物を積んで走る列車や、エンジンによって一目散に走破する自動車の発明と、さらに二〇世紀に突如発生した第一次世界大戦で、大鷲のように空から舞い降りて敵の陣地を襲撃する飛行機の出現と、二〇世紀末の弾道弾である音速ジェット機によって、地球上の交通路は、瞬時に大空へ無数の白い尾をひき消え去る航跡と変化してしまった。

ところで、このように近代機器によって、世界じゅうの交通が人間にとって非常に便利になればなるほど、これまでに疎外され、ひとびとから遠ざけられていた地域が、ひとびとの注目を惹きはじめて来るものである。ひとびとの触手をかき立て、ひとびとに足跡を刻ませようと迫って来る。またこそ、夏は太陽がカンカンと来る日も来る日も照り輝き、一滴の雨も降らない炎天の砂漠の大地に、忽然と砂竜巻は幾筋も輪を描いて中天に舞い上がり、冬は見渡すかぎり緑の葉一ひらとてない荒涼とした極寒の、生物の住むには極限状況の風土のなかで、ただひたすら必死になってお互い手をとり合って生存しつづけるひとびとの英知に、そのようなひとびとが居ることを忘れてしまっていた者の目は、注がれてゆくものである。ダイヤモンドは人跡離れたところにこそ埋蔵しているものである。まして、この地球の物質的富にのみ、おのれの人生を賭ける者にとっては、いずれにせよ、そのような地球上での空間は、もはや見逃すことのできない残された領域だと、鮮やかに脳裏に反映するものであるはず。

こうして、かつての陸のシルクロードがまたも見直されはじめたのである。それは東と西とを繋ぐ往還道路としては勿論、その広大な地域をより増大する地球人口の安定した居住地区に変貌させるためにも、またその地域の地底に人間には知られずにながいあいだ眠ったままであった資源を灼熱の太陽に晒すためにも、そのままに寝かせておくわけにはゆかなくなった。つまり一人の人間の、一つの国の、一つの民族の、一つの大企業の、そして一極支配体制による市場原理主義の利益のためでなく、そこに現に居住するひとびとの生活を、他の同様な条件を所有する地域に住むひとびとの生活とともに、より豊かな溢れ流れる泉の水と木々のみどりの葉を蘇えらせるよう、わたしたちは要請されている。以上がわたしの脳裏に架かる未来の陸のシルクロードである。そのためにも、わたしは過去と現在の陸のシルクロードの実体を見極めなくてはならない。

西安

八月も下旬。福岡空港発一五時四〇分の青島経由西安行き中国西北航空が延着して、やむなくターミナルの三階搭乗待合室で首をながくして待っていたところ、窓の外のガラスにアゲハチョウが、はたはたと呑気に飛んでいたのが印象的だった。これからともに旅立つかのように見えたからだ。

一七時三五分やっと搭乗、離陸。青島までは約二時間だが途中で時差に合わせて一時間遅らせる。青島空港一九時一五分離陸、窓の外はすでに暗闇である。この西北航空の本社を尋ねたところ、甘粛省蘭州であった。機内のマイクロテレビにはアメリカ映画のけたたましい叫びをあげる場面が映っていて、やむなく眼をつむっていらだつ心を癒す。二一時一五分、西安空港着陸。気温は二八度。空にはまさに満月が煌々と照り冴えていた。

市内まで車で一時間。道のほとりは薄暗闇を透して、トウモロコシと小麦の畑に、多くのビルの建設現場がつづく。聞くと一〇月一日に西安で開催される国際マラソン大会の準備とのこと。左手に漢の長安城遺址の面影が微かに現れて来たから西郊の三橋路だ。一九八七年の夏にやって来ているので、この都市の概況は頭に入っている。とすると棗園路から大慶路を通り城内にはいるというわけである。間違いなく城内に入り、北大街の果てに黒々と聳える北門が姿を見せた。この東側に以前訪ねた八路軍辦事処があるはずである。日中戦争の直前、中国の最新の延安情報を世界にはじめて知らせたばかりでなく、後に著書『中国の赤い星』（Red Star over China）を刊行したアメリカのニュース特派員エドガー・スノー（Edgar Snow）が、牧師の手配で延安地区に潜行する直前、かれと同行する女性作家丁玲《ティンリン》と落ち合った場所である。わたしにはいまだに八路軍辦事処のなかのあの地下室と小さな井戸と、北京の自宅でお会いした丁玲のいまは亡き面影が二重写しになってよみがえる。前回の宿舎は西安の西南方の郊外の丈八溝にある陝西賓館だったが、このたびは東城の外、動物園のかたわら長楽西路に位置する香《シャン》格里拉《グリラー》金花飯店である。ホテル到着はちょうど二三時〇〇分だった。ただちに両替する。日本円一万円が七二五元であった。部屋は九階九六一号である。

窓の外、満月の冴えわたる西安市街を俯瞰する。この都市は陝西《せんせい》省の渭河平原の中部に位していて、南には秦嶺の山脈《やまなみ》が走り、北には渭水（いまは渭河）が流れていて、漢代から西晋、秦、魏、隋、唐にかけての中国の首都であった。旧名は長安といい、有史以来、東方にも西方にも世界じゅうにその名を知られた重要都市である。現在、人口は約二五〇万だという。

翌朝、九時三〇分、迎えに来たタクシーに乗る。今日は一日じゅう西安市内の予定した調査の開始である。運転手はホテルから七、八分の近くに住んでいて、名前は張衛民さんといい、満一歳の可愛い女の子が一人いるとのこと。こちらの調査する地名を書きつけた紙を運転手に渡して、辿る順序はすべて先方に任せてしまう。まず訪れたのはかつて秦の王宮が側にある慈恩寺境内にある大雁塔だった。ここは西安市の南の外れで、唐代の長安城内の最南端に当たる。受付で入場券を買い、広い境内の敷石の上を真っ直ぐに進み、さらに塔の入口で塔閲覧券を購入、以前にはなかった関所がまた増えたということか。いささか頭を傾げて階段を上る。

この慈恩寺の塔は、永徽三年（六五二）に唐の高宗李治が、三蔵法師といわれている玄奘《げんじょう》が禁令を犯し一七年間もかけて、はるばるインドから持ち帰った仏典六五七部と仏像を収蔵し安置するために建造したものである。玄奘はこの寺に閉じこもり、弟子たちとともにこれらの仏典を日夜、精魂込めて翻訳した。塔は最初はただの五重の塔であったのだが、後に破損したので、長安年間（七〇一〜七〇四）に則天武后が改増築し七層とし、現在、高さ六四メートルはある。

手摺に掴まり、ふうふうと息はまさに途絶えんばかり、やっとのことで身体を曳きずるようにして最上階の七階にたどり着いたが、楼上からの眺望に呑まれて中空に踊り出そうになる。はるか周囲には果てもなく緑が広がっていて田園あり、学校あり、住宅が工場が建ち並ぶ。南のすぐ下方のトウモロコシの生えている湿地が古代の船を浮かべた歓楽の曲江池か。唐代の詩人岑參《しんじん》は、三年間、西域の安西節度使高仙芝《こうせんし》の下での疲労困憊の激務から、やっと解放された直後の天宝十一載（七五二）秋、三八歳の時、薛拠《せつきょ》、高適《こうせき》とこの塔に登り、かれの心中にわだかまる懐いを、五言古詩「高適、薛拠とともに慈恩寺の浮図《ふと》に登る」に披瀝した。

塔勢　湧き出ずるが如く、

孤高　天宮に聳《そび》ゆ
登臨《とうりん》　世界を出で、
磴道《とうどう》　虚空《こくう》を盤《めぐ》る
突兀《とっこつ》として神州を圧し、
峥嵘《そうこう》として鬼工《きこう》の如し
四角　白日を礙《さえぎ》り、
七層　蒼穹《さうきゆう》を摩《ま》す
下を窺《うかが》って高鳥《こうちょう》を指《ゆび》さし、
俯《ふ》し聴《き》いて驚風を聞く……（以下略）

（一九八一年八月　上海古籍出版社刊『岑參集校注』一〇一頁）

塔は恰《あたか》も地から湧き出るような様をして、
ひとり高く天宮に際立ち聳え立っている。
登ると俗世を脱け出るような心地がして、
空中をぐるりと巡る曲がりくねった石階《いしのきざはし》。
にょきっと突き出で京都《みやこ》長安を威圧する、
ひとり峻《けわ》しいその勢いは鬼神のなせる技《わざ》。
四隅の檐角《のきんど》は太陽をも強引にさえぎって、

七層の最先端は蒼空の縁にも触れるほど。
頂上に佇むと空とぶ鳥は眼下を往き交い、
俯いて耳を澄ませば忽然と狂風は谺する。

五人の詩のなかでは、この詩がもっとも大雁塔の雄大さを描写している作品である。一階の売店で「玄奘法師像」の拓本を購入する。東京の国立博物館所蔵の一四世紀鎌倉時代の画像とおなじく経巻を詰め込んだ笈《おい》を背に、脚絆《きゃはん》に草履《ぞうり》の旅僧玄奘の旅路姿である。塔の南面に回って「大唐三蔵聖教之序」ならびに「大唐三蔵教序記」碑の前に立つ。

次にいま眺め見下ろした曲江池の跡を車窓から望みながら、近くにある青龍寺、またの名を石仏寺を目指すものの、路地はくねくねと右左、初めて訪れる者には分かりにくい地点である。目当ては鉄爐廟村の北側の高地、唐代の長安城新昌坊の東南の一角。規模は余り大きくはないがひっそりとした寺だ。これが日本の高僧空海、円仁らが留学時期に学んでいた寺で、始祖不空和尚の恵果が空海の師である。狭い中庭の空海と慧遠《えおん》の書刻が、道の峻厳さを時空を超えて訴えていた。

やがて車は逆もどりして中国科学院西安分院が隣接する陝西省歴史博物館に直行。館内に足を踏み入れ、特にシルクロード関係で注目したのは展示されていた三種の品であった。一つは敦煌出土というキリスト教の一派景教（ネストリウス派）の二人の宣教師の土をこねて造った像であり、二つは漢代に造られた「流金銅蠶」である。つまり長さ五・六センチ、高さ一・八センチの銅製の蠶《かいこ》である。一九八四年一二月に陝西省の南部、石泉県前池河のひとりの農民淘金時が、畑仕事をしていて地中から発掘したという。その地方は古代より養蚕が盛んで、桑の木が秋になると紅や黒の実を鈴なりにみのらせていたとのこと。その銅製の蠶の頭を挙げて糸を吐く様子のなんと本物そっくり。まったく素晴らしい技術である。これがいまから二〇〇〇年前の作かと、ただただ呆然と見つめるばかりだった。三つ目は「三彩駱駝載奏楽舞俑」である。高さ五六・二センチ、長さ四一センチの色彩の落ち着いた唐三彩で、一九五九年に西安市の中堡村の唐代の墓から出土した品である。駱駝は首を高くあげて口を開け何か唸りをあげていて、華やかな絨毯を敷いた背中には七人の赤髭を生やした胡服姿の男たちが、頭に冠を被り手に手にそれぞれ異なる楽器を持ち、西域の音楽を奏でていて、真ん中に女がひとり立って歌をうたっている情景である。いずれもまぎれもなくシルクロードを象徴する物的証拠に他ならない。すでに時計は正午を過ぎている。唐の玄宗の宮廷の跡地である興慶宮遺址を横目に見て、和平門外咸寧西路をホテルへ舞い戻る。

午後二時、ふたたび市内に出る。城内の中心部に鎮座する鐘楼の周りを通り、南大街を南下し南門の手前で左に曲がる。書院門の隣の一角に柏樹《このでがしわ》がいちめんみどりの葉を茂らせている西安碑林博物館が現れる。一九九一年六月にいま見学した陝西省歴史博物館が竣工する前は、ここを陝西省博物館と呼んでいた。四本柱の牌楼をくぐり、左右に配置された銅鐘と石馬の間を通り抜けて碑林に到達。構内には西安および近郊に存在していた一〇九五基の石碑が、散失を防ぐために収集されている。整然と林立する碑石の並ぶ入口から第一室を経て第二室に入ると、左の薄暗がりに、高さ二・八メートル、幅〇・八〇メートル、それに厚さ〇・一六メートルの「大秦景教流行中国碑」が、亀の甲羅の上に突っ立っている。題字の額部は三角形になってい て、十字架と蓮座が刻まれ、それを両側から挟むように羽根を広げた二羽の霊鳥が一個の玉を奪い合っている刻画。碑の裏面には文字はない。碑文には明記してある、この碑石は唐の建中二年（七八二）に建立され、文は大秦寺の僧景浄《けいじょう》により、書は朝儀郎で前行台州司士参軍の呂《りょ》秀巖《しゅうがん》の手になると。碑文は漢字だが正面の下部および左右両脇にはシリア文字と漢字で七〇人の景教の僧の名前と職名が刻み込まれている。碑文は三二行、一行六二字。序と頌より成り立っていて、景教の中国内での宣教活動の盛況さを称賛する内容である。その冒頭の箇所には「…玄枢《げんく》を惣《ひき》ゐて造化し、衆聖に妙にして、以て元《はじ》めの尊者なるは、それ唯《ただ》わが三一妙身の元《はじ》め无《な》き真《まこと》の主《しゅ》、アラカのみなるか。……」と刻まれている。

もともと大秦とは古代ローマ帝国のことであり、景教とはネストリウス派（Nestorians）というキリスト教の一派であり、聖母マリアの神性を否定したために、エペソ会議（四三一）で、異端宣告を受け破門追放された宗派である。しかし当時のササン朝ペルシァ帝国は、全面的に支え国内外に多くの宣教師を派遣していた。中国へはパミール高原を越え、タクラマカン砂漠を渡ってシリア人の宣教師アロベン（阿羅本）が、玄奘が取経のため一人でインドへ旅立った八年後、一行二〇名を引率して唐の貞観九年（六三五）に長安に到着、時の皇帝太宗は房玄齢《ぼうげんれい》に命じて西の郊外まで出迎えさせ、みずから宮廷内で召見し、貞観一二年には、長安の義寧坊に景教寺院を建立させ、アロベンの宣教活動を許可したのである。その後、景教寺院は「波斯《ペルシャ》寺」と呼ばれて、長安、洛陽をはじめ黄河中流一帯のひとびとの信仰のよすがとなっていたが、武宗の会昌五年（八四五）の道教以外の他宗教禁止令によって仏教、ゾロアスター教、マニ教などとともに寺院も宣教師も衆徒もちりぢりに断絶されてしまった。地中深く破棄されていた「大秦景教流行中国碑」が発見されたのは、明の天啓五年（一六二五）であるので、七八〇年の間、地底に埋もれていたのである。日本にもこの模造碑が、デンマーク人フリッツ・ホルム氏（Friz Holms）によって京都大学に、英国のゴードン夫人（Hon Mrs. E. A. Gordon）によって、高野山の奥之院に寄贈されている。

さらに車を駆って、西大街の突き当たり城内からの西域への出口である西の城門に着き、三階の楼上の窓から、西方はるか彼方を覗き見る。いまの西安城は明代の築城で、唐代の長安城のシルクロードへの起点である開遠門は、これより少し西の大慶路の右側にあったのだが、現在ではもはや湮滅していた。しかし近年それを記念して駱駝の隊列に跨がった玄奘らをかたったセメント像の群が、いちめん紅いバラの咲き匂う花園に設けられ、開遠門遺址「絲綢之路《シルクロード》」として訪れるひとびとを楽しませている。ただし、わたしには、明代の築城とはいえやはり、灰色の焼き煉瓦を一つ一つ積み上げた頑丈な古色蒼然とした古城からの眺めの方が、見果てぬ旅へ出発間際の人間どもの胸中を量るには似つかわしいと思えてならない。周りの広場にはひとびとが往き合い、乗用車やトラックやバスが列をなしていて、その向かいには高層ビルが建ち並び、視線を彼方へ合わせると、みどりの並木のなかをひとすじの西域への路が一直線に西へ西へと延びていた。

河西走廊

西安空港を敦煌行き五〇人乗りの西北航空で七時四〇分に離陸。しきりに機体の窓際から下界を見下ろすが、一時間のあいだ白雲がいちめん立ち込め視界は一向に開けない。やがて天水と隴西《ろうせい》の辺りか、雲の帳《とばり》は徐々に開く。一本の白く光る東の西安へ注ぐ河筋は渭河の上流のようだ。とすると、すでに陝西省境を越えて甘粛省。見渡すかぎり山のひだを波濤のように打ち返す褶曲山脈のあいだを、くねくねと糸を曳くように北から流れ落ちて来る小川は胡《こ》芦《ろ》河か。天水といえば頭をよぎるのは、麦積《ばくせき》山石窟である。麦積という名は字の如く麦を刈って束ね山のように積み上げた様を指す。確か、人口二二万の天水市の東南方の嘉陵江に注ぐ永寧河の岩窟だったから、もう機体の左背後に去ってしまっているはずだ。やがて砂礫地帯が出現し、過ぎ去ると、北から南へ河幅の広い澱んだ大きな河が機体の下を潜って流れる。河には長い鉄橋が架かっている。みどりの河床に市街が拡がり、道路が一本それを貫く。蘭州だ。黄河の上流を遡ると、西安の東、華山のかたわらの風陵渡で渭河と合流する前は、蘭州から内モンゴル自治区の銀川、包頭《バオトウ》を大きく迂回して流れ落ちて来ている。だから、この甘粛省の省都蘭州（人口約一七〇万）の黄河に架かる橋は、古代からシルクロードへの渡河点であり、また河西走廊、青海、寧夏の交通の要衝として「黄河第一橋」と古来称えられているが、この橋をめぐる争奪戦は熾烈《しれつ》を極めていたのである。橋の旧名は鎮遠橋といい、現在の鉄橋は長さ二五〇メートル、幅八メートルあり、清の光緒三三年（一九〇七）に改築されたものである。

ついで白いキラキラと輝く一木一草生えていない塩砂漠のなかをまるでミミズが蠢《うごめ》くように砂丘が途絶えながら走っては延々とまたやって来る。時間に照らして判断すると、もうそろそろ古来シルクロードを通過するには、必ず通らなくてはならない尾根の海抜四〇七〇メートルもある毛毛山《マオマオ》の聳える烏鞘嶺が見えてもよいはず。『史記』の「匈奴列伝《きょうど》」によれば、万里の長城は秦の始皇帝が中原の六国をほろぼすや、ただちに部下の蒙恬《もうてん》に一〇万の兵をつけて北方の胡を討伐させ、次ぎに西の匈奴を防ぐために、黄河を足がかりにして河沿いに四四の県城を造らせ、山険を境とし、渓谷を塹壕とし、長いながい防壘を西は甘粛省から東は渤海湾の山海関まで築城させ、漢の武帝はさらにその長城を西の玉門関まで延長したというが、いまもなお当時の長城の雄姿を残す箇所は烏鞘嶺だとも聞いている。果たしてどの辺りか。そういえば斉《せい》の孟姜女《もうきょうじょ》が、万里の長城築城の苦役に引っ張り出され死亡した夫杞梁《きりょう》の遺体に取りすがり、悲しさで大声あげて泣きくずれると、そのために万里の長城も崩壊したという伝説の流伝の範囲は中国全土を網羅しているが、西は陝西省北部洛河のほとりの宜君県の哭泉《こくせん》にまで古くから次のような言い伝えがある。

「哭泉とは、県北部の五〇里の北方の同官山の頂きにある泉で、孟姜女が夫の死骸を背負い旅して帰って来たが、とうとう道中、喉が渇きここで泣きくずれていたところ、突如、泉が湧き出した。しかもその音はまるで泣き咽《むせ》ぶようだった。それで哭《な》き叫ぶ泉と名づけられたと」。どんなに万里の長城の築城が、庶民にとって苛酷な労働であったか。いま読み返しても涙の溢れる物語である。

もともと河西走廊という道筋は、通念では烏鞘嶺以西のひとすじの細い山間《やまあい》の路を指している。東西長さ約一〇〇〇キロメートル、南北幅約数キロメートルから一〇〇キロメートルで、平均海抜一〇〇〇メートルから一五〇〇メートルの高さにある。漢代の張騫《ちょうけん》も唐代の玄奘《げんじょう》もシリア人のアロベンもよたよたと寒さに凍えて歩いた道筋である。下界は大地が雪で地平線まで覆われている風景。全山岩石だらけの河のような渓谷の上空を通過する。それを過ぎると、行く手はまたして波うつトンゴリ砂漠に連続するゴビ灘か。きらきら視線を遮る光、小さな湖のようだ。九時二〇分、どうやら武威を通過。というと、左手に焉支山《えんしざん》が見え、河西走廊の峨々たる山脈である祁連《きれん》山脈が連なっているはずだ。やはり雲間の絶壁みたいに際だった山脈と山脈のあいだを一筋の道がよろよろと西北方へ延びる。

この祁連山脈地区には漢代以前に少数民族の烏孫《うそん》が放牧をしながら生計を立てていたが、周辺の匈奴と大月氏に挟まれ、ついにいまの新疆ウイグル自治区の西北部である伊犁《いり》地区に移り住んだ。ほとほと匈奴の侵攻にあぐねた漢の武帝は、その対策のために元封年間（BC一一〇～BC一〇五）、匈奴の背後のすでに年老いた烏孫王昆彌《こんび》の妻として、強引に江都王劉建の娘、名を細君《さいくん》という少女を公主（皇帝の娘）と偽って送った。彼女は風俗習慣ともに異なる土地で四五年間も暮らし、ついに郷里を昼も夜も夢みて死に絶えた。かの地の習俗として実の母子でない限り、夫が死ぬとその子の、その子が死ぬとその孫の妻として一生涯を終わった。
次の詩は彼女の作といまに語り伝えられている。

吾が家　我を嫁せしむ天の一方、
遠く託す　異国の烏孫王に。
穹廬《きゅうろ》を室となし　氈《せん》を牆《しょう》となし、
肉を以て食となし　酪漿《らくしょう》となす。
居常　土を思うて心内に傷む、
願はくは黄鵠《こうこく》となりて故郷に還《かえ》らむ。

わたしの家はわたしを遥かな空の果てに嫁入りさせ、
遠くのまったく見も知らない烏孫の国王へ嫁がせた。
住み家はテント張りの包《ゲル》で、壁は絨毯を張り巡らし、
食べ物は牛や羊の肉、飲み物もその乳で造ったもの。
わたしは昼も夜も古里を思い出しては泣いてばかり、
何としても黄色かかった白鳥となり故郷へ帰りたい。

古代より国と国との争いを解決する道は、互いに人間を殺傷する武器に頼る以外に、このよ

うにしばしば国王の娘と偽って、若い女性を人質とすることによって姻戚関係を結ぶという戦術が採用された。烏孫公主細君が死ぬと、武帝は楚王劉戊《りゅうぼ》の孫娘である解憂《かいゆう》を公主と偽り、烏孫国王岑陬《しんすう》に嫁がせたが、それ以前にも、紀元前二世紀（BC一七六）漢の高祖は、平城（いまの山西省大同）に三二万の軍を出撃させ、匈奴王の単于冒頓《ぜんうぼくとつ》と対決したにも拘らず完敗して和睦のために絹や綿や酒、米とともに和蕃《わばん》公主を贈ったし、その後にも、漢の元帝が竟寧元年（AD三三）に匈奴王の単于呼韓邪《こかんや》に贈与した王昭君、また後漢末、南匈奴の左賢王に嫁がされ、長篇詩「胡笳十八拍」を作ったといわれている蔡文姫《さいぶんき》も同様であった。みな知れば知るほど涙をそそる物語である。

ところで、悲痛な女性の境遇に懐いを馳せているうちに、機体の下、白い雲間を透かし眺めると、いまだに下界には最前と変わらない山脈がうちつづき、時折、河川が光をかがやかせ、みどりのオアシスが出没しはじめた。かつて甘州と呼ばれた張掖《ちょうえき》か。この地を張掖と名づけたのは、漢の武帝の元鼎六年（BC一一一）。北は匈奴に接し、南は西羌《せいきょう》に隣し、西は西域に近接する要害の張掖一帯に、幾多の砦と狼煙台を築き、周りを開墾させ、前線部隊を駐留させ、厳重な監視の命令を下していたのは。その一二年後の天漢二年（BC九九）、武帝は平均海抜四〇〇〇メートルという祁連山脈を盾に、反抗する匈奴の右賢王を叩くため、すでにパミール高原の彼方大宛国（フエルガナ）を討伐し、いまや天下の貳師《じし》将軍と呼ばれていた李広利に、三万騎を率いさせ酒泉より出撃させた。しかし衆寡敵せず敗北し、部下の李陵は五千の歩兵を率い、張掖よりエチナ河を遡《さかのぼ》ったが居延の近くで包囲され、ついに捕虜となった。李広利も征和三年

（BC九〇）に、一〇万騎を率いる匈奴王単于且提侯《かっていこう》に、外モンゴルのトシェトハンで集中攻撃を被り、おなじく虜囚の身となり無残にも処刑された。また親友李陵の正義を断乎として主張する司馬遷は獄に下され、ついに宮刑に処せられてしまうという、今度は男たちの悲劇が待ち受けていたのである。しかし司馬遷はこれを契機に血を滴らせ『史記』を書き残したのである。かれの筆になる「太史公自序」には、次の語が残る。

これ人みな意《こころ》に鬱結《うつけつ》するところあれども、
その道に通ずるを得ざるなり。
故に往事《かこ》を述べて、来者《みらい》を思うなり。

窓外遥かに、やや大きな都市とその傍らに長い青白く光る二つの湖、周りは白色のゴビ灘と山岳。峡谷に街並みが見え隠れ、緑が微かに眼に映る。またも平板状の草も木も見当たらないヤルダン地形の連続。右ははるか内モンゴルにつづく巴丹吉林《バーダンヂーリン》のゴビ砂漠か。左はいまだに後を追う祁連山脈の最高峰の五五四七メートルもある祁連山のようだが、瞬く間に山脈の容姿は消え、ゴビのなかに開拓農場が点在する。いちめんの砂礫に小さな窪みが散在する。機体に沿って青い樹林の繁茂する渓谷が、並行してやって来るかと思うと、またも砂漠の大地に真っ白な塩が噴き上げ追っかけて来る。狭い帯状の緑のオアシスのなかに大小の河川が現れ、その河を挟んで雑然とした都市が次々と連なる。

夜光杯で著名な酒泉に、いまは製鉄の町の嘉峪関《かよくかん》、または油田で賑わう玉門市にちがいない。ベルト着用のサインが点る。下には一直線に高速道路がつづき、またも険しい山岳が前方を縦に走る。その側を大きな河が流れ、山肌を挟むように水のある渓谷が現れる。機体は高度を下げてさらに下降。山脈の地肌が次第に胡麻色を呈して来た。右手彼方に樹木の茂る山々が明瞭に眼に写る。またもゴビとなる。小河は蛇行しみどりを纏い、大河と思われた湖は、文革中に建設したという党河ダムか。ついで鋭く牙をむき出す山脈がやって来た。たぶん、あれが噂に聞く三危山ではないか。一本の白い道路が、ゴビと砂漠のなかに直線を描いている。今度は畑に樹木が再び姿をよみがえらせる。着陸姿勢、敦煌空港に無事に到着。時間は一〇時〇五分。西安を七時四〇分に飛び立っているから、所要時間は二時間四〇分である。短い時間だったが、まったく度胆を抜かれる一大パノラマを居ながらにして俯瞰した思いであった。

敦煌　一

敦煌空港は砂漠のなかの小さな規模の飛行場で、搭乗して来た程度の機種しか利用不可能だと見た。ポプラ林に周りを囲まれていて、林を一歩外へはぐれるとゴビと砂漠にいちめん覆われた大地である。青い上空には思い出したように白い綿の雲が泳いでいて、空港センターの屋上に二字の「敦煌」という文字がでんと据えられている。敦煌は、遠い漢代から西域経営の前哨基地であった。なぜなら、東は甘粛省の西部、河西走廊の西端に位置し、西は新疆ウイグル自治区、南は青海省に接しているからである。だから、漢の武帝は元鼎六年（BC一一一）に、もと匈奴王の単于渾邪《ぜんうこんや》の地に設置していた酒泉郡を分離させて敦煌郡として固めたのだ。唐代には沙州と改名されている。

車で今夜の宿泊ホテルの沙州北路の敦煌太陽酒店まで二〇キロメートル。途中は右も左もトウモロコシに馬鈴薯が、ポプラ林を境にして栽培されている。北千渠という党河の支流の橋を過り市街地に入る。両側は商店街が建ち並ぶ。市の中心部の十字路には、ひとりの天女が琵琶を高々と背負い、片足上げて夢中に踊っている彫像が樹々をバックに、この敦煌の町を象徴するように立っていた。後で知るが莫高窟の第一一二窟の西壁に描かれている飛天の「反弾琵琶伎楽」である。

敦煌の人口を尋ねると、現在一四万で、自転車で三〇分で市内を回れるとのこと。それにしても年間降雨量はわずか三九ミリ。冬は最低気温零下二八度、夏は最高気温四四度という自然環境の厳しさに驚嘆した。だが、この町の西郊、七里鎮には青海石油管理局が所在し、いまでは甘粛省と青海省に跨がる石油の中枢基地なのである。この条件下では一本のマッチでも火の海となるかも知れないと思いながら、昼食を終え外へ出ようとしたところ、ドアの傍らの掲示板に今日の気温は四三度とチョークで記されていた。もはやじたばたしても逃れられない酷暑の壺のなかに囚われている。

休息をとるや、一目散に水を湛えた党河の橋を渡り、西南方七〇キロの陽関へ通じるアスファルト道路をひたばしりに走る。所要時間は約一時間とのこと。どこを見回してもゴビと砂漠。南に遥か鳴沙山が遅れじと並行して走る。一木一草生えてない砂漠の麓に黒く見えるのは、駱駝草という草で、この二、三日の雨で茂っているのだという。もちろん駱駝の常食であるために命名されたのだ。いちめんの砂礫のなかを電柱が同一間隔で杭打ちされ、二本の電線が延々と永遠の彼方へ届けとばかりに張りめぐらされている。前方遥か蜃気楼が炎のごとく燃え上がる。オアシスとポプラの林と幾許《いくばく》かの草があるだけか。

行手一帯に黒い樹林地帯が出現したかと凝視していると、雲の影だとのこと。なるほど雲が立ち去ると、また元の砂漠と砂礫の色合いに戻る。左側の遠方のながながと続く堤防に、赤い文字で書かれた「党河ダム」の看板が眼に跳び込む。やがて南湖の辺りか。小さな橋を越え左に曲がるとアスファルト道路は途絶え、下り坂の石ころだらけの悪路。でも爽やかなポプラ林のなかには、二〇〇〇人のイスラム教のひとびとの居住する陽関村があり、一台のトラクターが摘んだばかりの緑の葡萄を山のように積んで停まっていた。家々は葡萄の乾燥工場をもっていて、背後には葡萄畑が連なっている。左折し道をまたも上ると、そこが陽関遺址だった。

まず出土品の土器などの陳列されている陽関文物管理所に足を入れる。壁にずらりと陽関を吟じた各時代の漢詩（漢語文言詩）が掛けられていた。なるほどこんなにもわたしの知らない作品があるものだと感心する。庾信《ゆしん》、杜甫、王維、令狐楚、蘇履吉、……などと並ぶが、やはりわたしは、唐の詩人王維の「元二《げんじ》の安西《あんざい》に使いするを送る」に魅せられる。

渭城《いじょう》の朝雨《ちょうう》　軽塵《けいじん》をうるおし、
客舎青青《かくしゃせいせい》　柳色《りゅうしょく》新《あら》たなり。
君に勧《すす》む更《さら》に尽くせ一杯の酒、
西のかた陽関を出《い》づれば故人無からん。

渭城での朝の雨は、足元の埃《ほこ》りをしめらせ、
旅館の前の柳も鮮やかな緑を滴《したた》らせている。
きみよ、一杯でなく、もっと飲み乾《ほ》すんだ、
西方陽関《にしのかた》を旅立てば親友などいないんだよ。

詩の題はまた「渭城曲」ともいう。「柳」は「留」に音が通じ、古人は別離に柳を折って贈り、いつまでも忘れないでいてくれと懐いを託した。元二という親友が、遥か遠いタクラマカン砂漠のど真ん中の庫車《クチャ》の安西都護府まで使者として行くのを、唐の都長安の北西にある秦の都であった咸陽《かんよう》城まで見送りに行った時に詠んだ詩である。次は北周の庾信《ゆしん》の「重ねて周尚書に別る」。

陽関　万里の道、
ひとりの帰るを見ず。
唯《ただ》　河辺《かわべ》の雁のみありて、
秋来たれば南に向ひて飛ぶ。

西の果て陽関まで、道ははるばると尽きることなく、
出掛けて征《い》ったものどもは一人として戻って来ない。
ただ視線を遮るものは、河辺を往き来する雁ばかり、
それとて秋が訪れるや空高く南へ翔けて行くものだ。

そもそも陽関とは、玉門関の南の関門という名前である。確かにこれより西方は、見渡すかぎりいちめんの砂漠地帯。この陽関から先は道らしいものは見当たらない。ただ甘粛省と新疆ウイグル自治区を区切る積雪に全山おおわれたアルヂン山脈を背景に、日干し煉瓦で築いた廃墟の小さな狼煙《のろし》台が一つ、砂丘の頂にしがみ着いているのみ。しかし古代では、これを西へ西へと辿れば、楼蘭国（ローラン）や于闐《うてん》国（ホータン）へ到達するシルクロードの西域南道がつづいていたはずである。

陽関とともに漢代の武帝が、元鼎六年（BC一一一）設置した玉門関遺址は、敦煌市内から西北へ九〇キロの道なき砂礫の不毛の地に残存している。東西二四メートル、南北二六・四メー

トルの城壁が、西と北にそれぞれ門を構え、高さ九・七メートルの積み上げられた黄色い日干し煉瓦の壁の中はがらんどうの土塁跡である。そこからは高昌国（トルファン）や亀茲《きじ》国（クチャ）へ至る西域北道（天山南路と天山北路）が延びていたはず。玉門関を詠んだ詩では、やはりわたしは唐代の王之渙《おうしかん》の「出塞」またの詩題「涼州詞」が好き。涼州とはすでに飛び越えた武威のこと。

黄河遠くのぼる白雲の間《かん》、
一片《いっぺん》の孤城　万仭《ばんじん》の山。
羌笛《きょうてき》何ぞ須《もち》いん楊柳を怨《うら》むを、
春光は度《わた》らず　玉門関。

きみの赴任地黄河の上流の白雲の合間には、
孤独な一つの砦が山脈にそそり立っている。
羌《きょう》笛がなんで惜別の折柳曲を奏でるものか、
春の陽射しの来ない玉門関の彼方なんだよ。

帰路は一路来た道を引き返し、市内の敦煌工芸美術廠で夜光杯作りの工程をつぶさに見学する。大小さまざまな黒や白の高坏《たかつき》みたいな杯やお碗のような食器類が、きらきらと光を照り返して陳列されている。原料は酒泉で採掘される玉髄という岩石という。「夜光杯」といえば、唐代の詩人王翰の七言絶句「涼州詩」。

葡萄の美酒　夜光の杯、
飲まんと欲すれば琵琶馬上に催す。
酔ひて沙場《さじょう》に臥《ふ》すとも君笑ふ莫《なか》れ、
古来征戦幾人か回る。

葡萄で造った美味しい酒をなみなみと夜光杯に注ぎ、さて飲もうとしたところ馬上で琵琶を弾きはじめた。興に乗り砂漠に酔い潰れたとて君よ笑って下さるな、昔から戦に出かけた者で故郷へ何人無事に帰れたか。

鳴沙山、月牙泉の景観は、暮れなずむ夕暮れ時がとりわけ美しいとの説明を聞き、ひとまずシャワーを浴びて休憩し、食事をとって後の午後七時から車で沙州南路を南の郊外へ向かう。約一五分。門前町が道の両側を埋め尽くしていて、ここの交通手段である小型三輪車の行列である。額の掛かった大牌楼の前に立ち中に入ると、観光客目当ての駱駝やトラックが勢揃い。前方のはるか三角錐の草一本生えてない砂の山脈が鳴沙山で、稜線を境にあちら側はまぶしいほどの金色に、こちら側は黒一色に塗りつぶされている。つまり太陽の沈み具合によって刻々と色とりどりの山容を露出するという訳である。この大砂丘群の規模は、東西四〇キロ、南北二〇キロ、頂上は海抜一六五〇メートルもあり、はるか彼方の東端が通称千仏洞と呼ぶ莫高窟であるという。

靴を脱ぎ裸足になり、ズボンの端を捲り上げて歩き出すが歩く度に砂に足を掴まれる。一キロで麓に到着。低地には点々と駱駝草が数えられるが荒涼とした風景である。著名な月牙泉は鳴沙山に取り囲まれた三日月形の小さな池だった。周囲には葦が茂り粗末な寺院が建っていた。この泉のほとりで漢の武帝の宝馬は生まれ、縁のノキシノブを食んで育ったというがどう見ても、池の幅は約五四メートル、縦は約二一八メートル、いくら池の縁にのみ生えている草を食って生きたとしてもそれは無理。ただし、この池の水位が最近二メートル前後にまで下がった理由は、党河ダムを建設した影響だと聞くと、あながち否定することもためらわれた。

敦煌　二

六時半起床。七時朝食。七時三〇分、迎え車で莫高窟へ出発。敦煌市内から東へ安西へ通じる国道三一三号の飛行場への舗装道路を走る。途中で右折して南へ進路をとる。距離はほぼ二五キロ。まだ夜は明けたばかりで、左手の三危山の頂にしずしずと昇る太陽で、周囲の黒ずんでいる砂漠と砂礫がしずかに燦き始め、左手の鳴沙山連峰の全貌が見渡されだした。ただし三危山の山脈《やまなみ》は、なおいちめん墨で塗り潰されている。この三危山は、俗称を昇雨山といい、広くは祁連山脈に属していて、三つの峰が峙って聳えているために名づけられたのである。主峰は海抜一九四七メートルで、西の大沙山との間に著名な敦煌の石窟がある。つまり目指す莫高窟の入口の左正面に対峙する岩山である。

伝説では、五胡十六国時代の前秦二年（AD三六六）、楽僔和尚という僧侶がこの地にたまたまやって来たところ、ちょうど黄昏どきで、夕陽がいまにも茫漠とした砂漠の涯に沈もうとしていた。ふと頭を上げると、かれの面前に不可思議な情景が姿を現した。向かいの三危山にひとすじの金色の光が射し、まるで幾万もの仏が来仰《らいごう》しているようだった。かれはとっさにこの地こそ聖地だと感じて、初めてこの鳴沙山連峰の東端の断崖に洞窟を掘削した。それが莫高窟のはじまりだと。さらに北魏から北周、隋、唐、宋、西夏を経て、一四世紀の元代まで約一〇〇〇年間、仏教の聖地としてこの断崖に、洞窟が上下五層、南北長さ一六〇〇メートル余にわたって営々と掘りつづけられ補修しつづけられて来たのである。その数四九二個。殆どの洞窟に壁画が描かれていて、画廊は延々と二〇キロメートルにも達し、塑像は二四一五体あって、仏教芸術の宝庫と称しても過言でない。

窓の外はずっと新鮮な朝の明るさが増して、右手、ひとすじの水も流れていない愛宕河《アイダン》を隔てた彼方、草木一本生えていない鳴沙山の断崖に、一箇所に集中的に土龍《もぐら》の巣穴のような無数の洞窟が大小さまざま口を開けて、こちらを眺望していた。左手の三危山の西側は、いまだに太陽は当たらなくて暗黒の支配。まもなく画帖ではいつも見慣れている莫高窟の入口の薄紅に輝く八層の屋根をもつ大楼閣が、みどりのポプラの樹林のなかに、砂丘を背負うような姿勢で辺りに偉容をただよわせているのが見えて来た。莫高窟到着。入口で入場券を購入し、洞窟内では撮影はすべて禁止なので、カメラを含め所持品はすべて預け、懐中電灯だけを手に持ち、身軽な出で立ちでガイドの後につく。莫高窟の洞窟内部巡りの旅路に上るのだ。

先ず「莫高窟」と青地に黄で書かれた小さい瓦葺きの牌楼を潜って、最初に入った洞窟は、中央部に位置する一層の第九六窟だった。西壁に高さ三三メートルという七階建の初唐期に彫像されたかすかに俯き微笑みを湛えた弥勒《みろく》菩薩の座像である。次いで隣の一年前に補修の九階建の巨大な仏像を仰ぎ見て、左へ下り地層に降りて、第一三〇窟の西壁にある盛唐期の高さ二六メートルの弥勒菩薩の座像。さらに第一一二窟の中唐期の和やかな浄土変相図と琵琶を背に弾くとても小さな天女の舞踊壁画。左へ石段を上り二層の第一四八窟に進む。盛唐期の一四・四メートルの右手を枕し身を横にして眠っているようで眠っていないような釈迦涅槃像で、背後には多くの弟子たちが悲しげな顔をして立っていて、洞窟内はいちめんに報恩経、涅槃経、観音経、天請問経、観無量壽経、薬師経、文殊、普賢など各種の変画が描かれていた。次いで右へ。第一七二窟の盛唐期の千手観音経変、観無量壽経変の壁画に注目。

今度は一層へ降り右へ移動し第四五窟に入る。盛唐期の俯いた釈迦の座像とその傍らの美しい迦葉《かしょう》、阿難《あなん》、観音立像と「妙法蓮華経観世音菩薩普門品変相」の壁画に目を奪われ、石段を上り二層の第五七窟の初唐期の壁画「夜半逾城《やはんゆじょう》」と、南北の壁の二体の供養比丘《びく》と千仏画、それに洞窟内を回遊する飛天たち。坊主飛天などがいたとは予想外。またも一層の歩道に降り右へ移動、第三二九窟へ。初唐期の洞窟の雷神と風神に、天井の蓮華の周りをはためく飛天たち。隣の第三二八窟は初唐期のものだが、西夏期に補修した鮮やかだが阿難、迦葉の苦悶顔に供養菩薩の威厳顔。

息切って上へ上へと上る。四層の第四二七窟は隋代の作。金剛力士を中心に左右に描かれている毘沙門天《びしゃもんてん》の足下で天邪鬼《あまんじゃく》が涙ぐむ壁画に眼を奪われる。第四二八窟は北周期の大洞窟で、北壁に回鶻《かいこつ》公主らの女供養人三身の壁画があるが、特に目を射たのは、東壁の谷底で口を開ける虎へ身を投げる釈迦の前世を描いた「須達拏太子《すだなたいし》本生」の壁画だった。まだまだ尽きない数多の絢爛たる洞窟に未練を残しながら、最後に念願の洞窟に足を走らせた。

その洞窟は一層の第一六窟である。晩唐期の洞窟だが、この洞窟の北壁に、いまでは第一七窟と名づけられた世界的に著名な蔵経窟が隠されていたのである。時は清代の光緒二六年（一九〇〇）七月二日（陰暦五月二五日）。湖北省麻城県生まれで、粛州（酒泉）の地方軍閥の傭兵であったが、それも落ち着かず流れながれて、敦煌の莫高窟の第一四三洞窟に住み着いていた王円籙《おうえんろく》という一道士が、手伝いの楊という男とともに、この第一六洞窟で、風で舞い込んだ通路の落葉を掃き燃やしていたところ、突然、北向きの画壁に亀裂が走り煙が吸い込まれて行き、奥から万巻の書籍や無数の絵画や仏像が発見された。このニュースは閃光のように世界じゆうを駆け巡ったのである。現在まで調査された限りでは、この洞窟から約五六万件の文書が見つかっている。

大量の人身売買と土地の売買契約書と貸借契約書に帳簿、戸籍原簿、書簡。それに仏教をはじめ儒教、道教、キリスト教、ゾロアスター教、マニ教などの宗教関係文書。それに変文、講唱文学（経文や歌詞）、水経、地志、歴法、天文、医薬学、数学、紡織、醸造、娯楽などの文献、資料が隠され、しかもそれらは漢語のみでなくチベット語、サンスクリット語、于闐《うてん》語、亀茲《きじ》語、ソグド語、突厥《とっくつ》語、ウイグル語、サマルカンド語などで記されていた。その期間は最も早い時期の前秦の甘露元年（三五九）から最も遅い時期の南宋の慶元二年（一一九六）までである。

これほどの大量な文献、資料が、どうしてこのように纏まって、また慌ただしくこの洞窟内に隠蔽され、周到に壁画まで描いて塗り込められたかについては、いままでの研究成果では、タングート羌族を中心とする西夏王国の突如の襲撃を避けてだったと考察されている。そう言えば、西夏の初代皇帝李元昊《りげんこう》が中国の西北地区に建国したのは、景宗顕道元年（一〇三二）であり、滅亡したのは第一〇代皇帝李睍《りけん》の宝慶三年（一二二八）であるので、時期は確かに合致する。一〇三五年、西夏の勇猛な騎馬軍団は、北宋軍と党河河畔で激戦の末、圧倒的な勝利を得、敦煌を占領し、いまの寧夏省銀川に興慶府を設置し国号を大夏と名乗っていた。中国側ではこれを西夏と呼んでいたのである。ただし、現在、わたしの眼の前の第一七洞窟内部には、以上挙げた貴重な文献、資料は、ものの見事に喪失してしまっていて、まさに空虚な空洞が存在するばかりである。ただわたしにとって救いだったのは、北壁に日本の高松塚古墳の壁画に描かれていた女人像に似た晩唐期の壁画の「樹下供養侍女」が、こちらを凝視していたことである。

いったい喪失した貴重な大量の宝はどこへ持ち去られたのか。他でもなく王道士によって、殆ど二束三文で文明国に売り渡されたのであった。先ず最初に敦煌を訪れたのは、一九〇五年一〇月のロシアのオブチェフ探検隊で、次に一九〇七年三月と一九一四年に英国のオーレル・スタイン（原籍ハンガリー）が、三番目にフランスのポール・ペリオ（原籍ベトナムのハノイ）が一九〇八年二月に、四番目が日本の大谷本願寺探検隊が一九一一年から二年にかけて、五番目にロシアのオルデンブルグが一九一四年に、六番目に同じくロシアの陸軍少佐オレンコフが一九二二年に、七番目にアメリカのラングドン・ウォーナーの一九二四年の持ち出しである。これは最も悪辣な手段を使用した。特殊な化学溶液で他の洞窟の二六枚の壁画をも剥がし、第三二八窟の仏像などを土台から切り取り密かに持ち出したのである。狼狽した中国政府が遅ればせに国内に移動させたのは、一九一〇年と一九一九年で、このようにして残部の文献、資料が完全に莫高窟から消え去ったのである。それらの貴重文献、資料を閲覧しようとすれば、わたしたちは、次の世界じゅうを駆け巡らなくてはならない。サンクトペテルブルクのエルミタージュ博物館、ロシア民族研究所。ロンドン大英博物館、大英図書館。パリ国立図書館。京都国立博物館、龍谷大学、大谷大学。ハーバード大学付属フォッグ美術館。北京図書館。台湾国立中央博物館などである。これらの盗み去られた文献、資料に基づいて世界的に敦煌学という学問の研究がなされ、多くの成果が発表されているが、ここ敦煌の莫高窟にある敦煌研究院がその中央連絡機関である。次に莫高窟の第一七洞窟つまり蔵経窟から盗み出された二、三の写本について紹介してみよう。

大英博物館のスタイン文書2877の「丙子年阿呉売児契」には、次のような人身売買契約が記されている。

「赤心村の農民再盈《さいえい》の妻阿呉《あご》は、早く夫に死に別れ、助ける者とて誰もなく、多くの借金を抱え、いま、今年七歳になる自分のこども慶徳を、丙子年正月廿五日に、売買契約を交わして、洪潤村の農民令孤信に売り渡す」。

また、これらの文献、資料には、多くの仏教以外の宗教が含まれていた。道教関係文献はパリ国立図書館のペリオ文書の「河上公注本」や「道徳真経疏」など、大英博物館のスタイン文書の「大極真人間功徳行業経」「老子化胡経」「太上元陽経」などがそれである。他にもマニ教、ゾロアスター教などあるが、次にキリスト教の一派景教（ネストリウス派）の関係文献に触れてみる。李盛鐸蔵巻の敦煌の景教文献のなかに、「大秦景教宣元至本経一巻」（A）と「大秦景教大聖通真帰法讃一巻」（B）がある。それにはどちらも

「開元五年十月廿六日　法徒張駒　沙州大秦寺にて　伝写す」（A）

「沙州大秦寺の法徒索元定　伝写、教読す　開元八年五月二日」（B）

とあるが、開元とは唐代の玄宗時期の年号で五年は紀元七一七年、八年は紀元七二〇年である。前に述べたが大秦寺とは古代ローマ寺院で、正確にはキリスト教の一派ネストリウス派の教会

という意味であり、沙州とは敦煌である。つまり敦煌には唐代、ネストリウス派の教会が存在し、殆どシリア人の神父たちの手によって、聖書が幾種類も翻訳されていた事実をこの文献は証明しているのである。敦煌の莫高窟の第一七窟から運び出された景教関係写本文献には、なお大英博物館のスタイン文書のなかの「景教イエス画像」をはじめ、日本に所在する「序聴迷詩訶経《イエスメシアきょう》」「一神論」や「尊経」「大秦景教三威蒙度虔讃」「志玄安楽経」などがある。次は「一神論」の一節である。

「世尊曰く、如《も》し人の布施《ふせ》する時あらば、人に対して布施することなかれ。曾須《すべから》く世尊を遣《し》て知識《しら》しめ、然《しこう》して始めて布施すべし。若《も》し左手もて布施するならば、右手をして覚らしむることなかれ。若し礼拝の時ならば、外なる人の眼《め》見を外なる人の知聞《みみ》を聴《き》にすることなかれ。曾須《すべから》く一神をして自ら見せしめ、然《しこう》して始めて礼拝すべし。……」

あきらかに新約聖書の「マタイによる福音書」第六章第二節の「山上の説教」の箇所である。「あなたは施しをするときには、偽善者たちからほめられようと会堂や町角でするように、自分の前でラッパを吹き鳴らしてはならない。はっきりあなたがたに言っておく。彼らは既に報いを受けている。施しをするときは、右の手のすることを左の手に知らせてはならない。あなたの施しを人目につかせないためである。そうすれば、隠れたことを見ておられる父が、あなたに報いてくださる」。

文学関係の写本文献は、先ず俗講と呼ばれる民間文芸で、つまり一般大衆を対象とする仏教説話である。大勢の聴衆を相手に節回しよろしく歌曲まで挟んで、仏の話を語り聞かせる講釈で、その場面ごとに絵や巻物や掛軸に描いたのを、「千手観音経変」、「観無量寿経変」などのように「変」あるいは「変相」と称し、その文を「変文」といい、「大目乾連冥間救母変文」（スタイン文書2614）、「王昭君故事変文」（ペリオ文書2552）、「伍子胥《ごししょ》故事変文」（スタイン文書6331）などである。それらすべてがこの第一七窟から発見されたのである。それらの紹介は他にゆずるとして、ここには同時に発見された唐代の詩人王梵志の口語長篇詩「貧しい田舎男」のみを挙げてみよう。

「貧しい田舎者、寂しいあばら家に住み、二人とも前世の因縁で、この世で夫婦となるものの、妻は日雇い人夫で臼を打ち、夫は雇われて鋤を把《と》る。黄昏どきに家に戻るけど、米もなければ薪もない。こどもらは腹を空かせて飢え、一日一食の有様だ。それでも役人《おかみ》は租税の品を請求し、村長は矢のように催促にやって来る。……身にはズボンも着けていないし、脚には草鞋も穿《は》いてない。……役人には足蹴にされるし、村長にはぶん殴られる。……」（ペリオ文書3211）

また、以上挙げた「写本」を含め、蔵経窟から発見された文献は、いまわたしたちが使用している毛筆では書かれていない。仏典にせよ公文書、契約書にせよ、漢字であれ、サンスクリットであれ、ソグド文字、突厥《とっくつ》文字、于闐《うてん》文字、回鶻《かいこつ》文字など、すべて硬筆で書かれていたのである。つまり漢代に発明された毛筆と墨とは別に、ペンで書く硬筆が発達していたわけで、使っていた材料は竹や紅柳《ぎょりゅう》や葦などで、中国の古典『詩経』の国風の詩「静女」の「彤管《とうかん》」とは、赤い葦の茎を削って作った筆のことだったのである。これは敦煌研究院文献研究所所長の李正宇教授によって苦難の末に実証された幾多の成果のなかの一つである。

わたしはキラキラと金色に輝く鳴沙山の山脈と一滴の水も流れない愛宕河に挟まれた紅柳とポプラの樹林の中の敦煌研究院の前庭に佇みながら、昨日、訪れた月牙泉の池の縁に生えていた数株の葦を想い出していた。

ホテルの太陽大酒店へ帰着したのが一三時二五分。シャワーを浴び、昼食、休憩の後、近くの陽関東路にある敦煌博物館の参観に行き陳列品に目を走らせるが、余り食指は動かない。前漢時代（BC二七二）の素絹、石臼上下一式、竜の原型という麒麟《きりん》を描いた煉瓦、人類の祖先と伝えられている伏羲《ふっき》と女媧《じょか》を描いた絵などが展示されているだけだった。一七時出発。いよいよ蘭新鉄道の柳園駅まで、一三〇キロメートル、二時間三〇分の道程を一路車を飛ばす。

一直線のアスファルト道路を突っ走る。沿道は砂漠とゴビ、ところどころに駱駝草が生え、時折、皿のようなオアシスが拡がり、畑に哈密瓜《ハミ》が転がり、棉の花が咲き、子山羊と親山羊が遊んでいて、濃い紫色の花の咲いているタマリスク林が通り過ぎる。青い空には数えるほどの白い雲。道は地平線にまでつづいていて、行き当たりはまるで断崖。いまに落下しそうな錯覚に捕われる。道の横を川とも言えそうにないが、砂丘のあいだをいささか水が流れているので、聞くと安西県蒼頭山のダムから流れ出ているとのこと。急に停車、小さなコンクリートの橋だが、溢れる水で破壊されていた。だが、敦煌で購入した地図を覗くと、どうも東は祁連山脈の西端五四八三メートルの大雪山より、西はアルヂン山脈からと、東西から流れ来てこの一帯の砂漠の地下に潜り込んでいる疏勒《そろく》河にちがいない。ちょうど右前方の砂漠のなかに漢代に西域防衛のために、日干し煉瓦と葦束で構築した烽火台が、遥か点々と横に連なる風景から考えても、この推測は外れてはいまい。とすると、条件的に脳裏に湧いて来るのは、唐の太宗貞観元年（六二七）、国禁を犯して出国しインドに取経に赴いた玄奘三蔵法師のこと（楊廷福著『玄奘年譜』一九八八年八月中華書局刊）。かれは河西走廊をやっとのことで踏破したものの、瓜州（安西）と伊吾（哈密）の間のゴビの砂漠で最大の苦難に遭遇していたからだ。玄奘自身の執筆になる『大唐西域記』には記載はないが、弟子の慧立と彦悰《げんそう》の共著の『大慈恩寺三蔵法師伝』には、実に事細かに記されている。

「これより先は、莫賀延磧《ばくがえんせき》である。長さは八百余里。古くは沙河《さが》と呼んでいたところ。……空には飛ぶ鳥もいないし、地上には走る獣もいない。そのうえ水草も生えてない。……それに道に迷い行く方さえ分からない。やむなく東の第四烽へ戻ろうと考えた。……がふたたび手綱を振りあげ、しきりに観音を唱えて西北へ進んだ。……夜には妖魑《ようち》が火を挙げて星々は燦めき、昼には砂竜巻が時雨のように巻き上がる。こんなことに出会ったところで、少しも怖くはないが、水が尽き喉が渇いて前へ進めないのはやりきれない。あの時は、五日四晩、喉を潤す一滴の水もなく、口もお腹《なか》も乾ききって、殆ど息も絶えんばかりで、もはや前へ進むことすらできなかった。……」

かれは五日目の真夜中になってやっと生気をとり戻し、馬の案内で狭いオアシスを探し出し草と水を存分に蓄え、さらに四日間かかって流沙地帯を抜け出して、天山山脈の南麓、現在の新疆ウイグル自治区哈密《ハミ》に辿り着いたのであった。

やがて、右も左も黒い砂礫のゴビ地帯、前方の路上に陽炎《かげろう》が盛んに立ち、蜃気楼が断崖の果てに現れる。まるで海に浮かぶ島嶼である。今度はこれらがわたしを取り巻く白昼の魑魅魍魎か。はるか姿をあらわしていた山脈が徐ろに間近に接近して来た。やっと柳園駅に到着。すでに黄昏どき、駅舎の正面上部に掲げてある看板には、ライトに照らされた六、七人の天女たちが羽衣を大空に振りかざしながら色鮮やかに舞っていた。駅前のレストランで夕食後、駅の三階にある一等待合室に移動するが、大型テレビの画面には、キルギスの日本人抑留事件がニュースで賑やかに映し出されていた。二〇時五〇分。三階待合室から直接ながい陸橋を渡って、プラットホームに横着けになっているトルファン行きの寝台特急列車に乗り込めた。

トルファン　一

〇時三〇分、特急列車が停車して眼が覚める。窓を透かして外を眺めると、暗闇、駅のようだ。プラットホームの電灯の下で、ひとびとが行き来している。新聞を束ねたのを積んでいる。一時になってやっと動き出した。駅名を見ると哈密（ハミ）。哈密瓜の本場の地名である。六時四〇分、トルファン駅に到着。プラットホームには、青地に紅く「吐魯番站（トルファン）」と鮮やかな電光表示が燦めいている。正式の駅名は「大河沿（ダーホイエン）」という駅である。

朝刊を列車から下ろしているのだ。

147

ここから鉄道は分岐して北西は蘭新線でウルムチへと、西は南疆線でカシュガル行きとなる。改札口を出ると、まだ空はいちめん薄暗い。車に乗りトルファンまで五八キロ。北の最高峰五四四五メートルのボグダ峰を越えると唐代の北庭古城のあったヂムサルだ。小草湖の東の交差点で進路を東、鉄道線路に沿って約一時間。天山山脈の支脈である火焔山山脈か、山の端はうっすらと紅みが射している。夜明けが近づいている兆候である。

トルファン市は天山山脈の東部のオアシスの町で、人口は約二四万、その内約一七万人がウイグル族、その他に漢族、回族、満洲族などが住んでいる。この都市の他の都市との違いは、なんといっても世界の淡水湖では第二位の海面下一五六メートルの艾丁《アイディン》湖を擁する盆地であることだ。だから、ここは夏は最高四九度という酷暑、冬は零下二一度という極寒。周辺のオアシスとおなじく年間降雨量は一六・六ミリに過ぎず、砂漠とゴビの砂礫に取り巻かれていて、人間の住むに相応しい環境ではけっしてない。なのになぜ、ここに人間が住みつくかといえば、天山山脈の氷河の雪解け水を、居住区まで導くカレーズがゆきわたっているオアシスということが、古来、ひとびとをこの火州と呼ばれるトルファンに引き寄せたのではないか。葡萄や哈密瓜や棉花ばかりでなく、西瓜、桑の実、無花果《いちじく》、梨、林檎、柘榴《ざくろ》、桃、杏《あんず》、胡桃《くるみ》などの著名な産地であり、小麦、水稲、甘藷、高粱に、ロバや羊も放牧されている。

歴史的に眺めてみると、トルファン地区（トルファン市、トクソン県、シャンシャン県）には秦代以前に西戎と羌族が居住し、漢代前に姑師《こし》国に、漢代には車師前国に所属し、王城は交河城に置かれていたが、後に漢の武帝によって打破され、漢はここに高昌壁を築城し戊己《ぼき》校尉を設置した。北魏時代には高昌国が栄え、東晋一六国時期には西域都護府となり、前涼時期の張、馬、麹《きく》氏は高昌を都とし、唐は六四〇年高昌国を壊滅させ、安西都護府を六五八年に亀茲に移すまで交河郡に設置。宋代にはウイグル族の高昌回鶻国となるが、モンゴルの元《げん》は和州宣慰司を置き、明代後期に吐魯番王国が建国した。清朝は吐魯番廳を設置し、乾隆四五年（一七八〇）に、トルファン市の旧城区に高さ四メートルの城壁で囲む二キロの古城を築城したのである。

トルファンのひとびとの仕事時間は午前中は、九時から一二時までで、一二時から午後五時までは休息時間。再び働くのが午後五時から九時までである。住民の殆どがイスラム教徒であるので、休日は金曜日で、一日五回の礼拝を男は寺院のモスクで、女は家庭で行うようになっている。沿道の右手のゴビのなかに大きな目玉みたいなカレーズの掘削した穴が、一直線に等間隔で無数に口を開けている。あの下の地下水路を天山山脈の氷河の雪解け水が、一年じゅう途絶えることなく流れているのだ。

それは他でもなく古来ここに生存している人間どもの知恵によって人工的に構築された構造である。井戸の底と底とを暗渠で繋ぎ地下を貫流させる導水システムである。地下水が流れるためには、暗渠のなかの空気が流通していなくてはならない。そのために毎年、この穴ごとに地下に潜り込んでの補修は絶対に欠かせない。それも一本二本ではない。一九八六年の資料では、トルファン地区の三区、トルファン市で四〇九本、西のトクソン県で六八本、東のシャンシャン県で三三六本。合計八一三本にのぼる。新疆ウイグル自治区内では他に哈密《ハミ》、奇台《チータイ》、木《ムー》壘《レイ》カザフ、庫車《クチャ》、和田《ホータン》などの地区にも分布しているが、やはりなんといってもトルファン市が圧巻である。かりにカレーズの長さを言えば、一本が大体三キロメートルから一〇キロメートルとさまざまだが、長いのになると四〇キロメートルにも達するものもある。カレーズの起源については司馬遷の『史記』の「河渠書」に記載されている「龍首渠」を根拠とする諸説があるが、わたしはやはり中国語で「坎児井《カルヂン》」の音からペルシヤ語の地下水道を意味する「Korez」の古代語「Kohxez」を支持する。現在、かつてのペルシャのイランでは、国内にほぼ五万本あって灌漑に使用され、カレーズの分布は殆どペルシヤの勢力および文化の影響範囲内である。トルファンはその東の果てに位置している。

とにかく人間のひとりひとりの手による井戸掘りなのである。その掘削道具は、ここトルファンで最近発掘されたばかりである。カラホジョ第四八号墓地から出土の「唐某年領钁《かく》残文書」で、千年以上前から鶴嘴の半分くらいの「钁頭《チユエトウ》」という掘削道具が使われていたと証明されている。また土砂を地上に巻き上げる轆轤《ろくろ》（滑車）を使用していたことも、最近アスターナ墓地第二五号墓から出土の「高昌供用斧、車訓、轆轤等物條記」文書で判明している。

道を右に折れて、トルファン市内に入る。葡萄棚の下にベッドが見え出した。夜は暑いので中庭で睡眠をとるという。ウイグル族の民家は外観は貧素だが、なかは涼しく部屋には絨毯を敷き、壁は日干し煉瓦である。やがて市内の中央部の天にも届くポプラ並木に囲まれた青年路の緑洲賓館に到着。七時四〇分。

九時一〇分、出発だ。朝の内は火焔山はただの岩山だとの話なので、先にベゼクリク千仏洞、高昌故城、アスターナ墓地を訪れ、午後に交河故城を参観することにする。左への道は有名な葡萄溝。もともと葡萄は紀元前二世紀に、漢代の張騫《ちょうけん》が天山山脈の彼方西域の大宛国（ウズベキスタンのフエルガナ盆地）へ使者として出かけた際に、持ち帰った果物だと伝えられているが、トルファン地区の葡萄の栽培面積は、全新疆ウイグル自治区内での九〇パーセントを占めているという。紅いのや紫色や黒に緑、色とりどり。用途は三種類に分類される。そのまま食用にするのと乾燥するのと醸造して葡萄酒にするのとである。わたしの好みは馬の乳房に似ているために名づけられたマーナイ葡萄という品種だ。現代中国の抒情詩人聞捷《ウェンチエ》の詩に、この地での作「葡萄が熟れて」がある。その前半。

マーナイ葡萄が熟れて
濃いみどりの枝葉のあいだにたれさがる
わかものたちは畑からもどってきたけれど
おとめたちはまだ葡萄園で仕事中。

わかものたちは路のほとりに並び立ち
三弦琴でおとめのこころのいとをかきみだす
うたで唇はひどく渇いているけれど
一粒の葡萄さえまだ口にはいれていない。

わかものたちは落胆したり腹立てたり
行きつもどりつ立ち去るものもない
「なんとけちなおとめたち！
おまえたちの葡萄はきっと酸っぱかろう……」

（一九五六年九月　作家出版社刊『天山牧歌』一二八頁）

見渡す限り葡萄畑。それに干し葡萄をつくるためにの数多くの乾燥用の建物が並んでいる。つづいて視野を遮るのは高い櫓。ボーリング中の石油採掘現場である。一九五〇年代に勝金口に油田が発見されてからトルファン・ハミ地区は、中国有数の油田地帯と指定されているためだ。現在トルファン地区の主要工業は、石油採掘の他に農業機械、水力発電、採鉱、製塩、セメント、化学と醸造などである。石炭はボグダの山麓に無尽蔵とも言われ、鉄鉱石、石灰石、石英、銅、マンガンなどが地下には多く埋蔵されていると聞く。やがて左手彼方に火焔山の山脈がうねうねとつづくが、やはりまだ眠りから覚めてはいない。火焔山山脈の最高峰八五一メートルの勝金峰は目の前。山脈中の切れ目、勝金口から木頭溝河を身を横にするように車は上ること六キロ。河の西岸の断崖がベゼクリク千仏洞であった。

この千仏洞は六世紀の麹氏高昌王国期から一四世紀の元代まで、約七〇〇年の歳月に掘削された西域地区の仏教遺跡である。特に高昌回鶻王国期の石窟文化の宝庫でもある。岸壁は一キロメートルに亙って東岸に向かって口を開き、洞窟は総計八三個あったのだが、一四世紀から一五世紀に、トルファン地区がイスラム教圏に入るとともに、偶像打破政策によって破壊され、さらに先進諸国の外国人探検隊の盗掘に遭い、現存する洞窟で内部が保存されているのは五個のみ。日干し煉瓦を積み上げた小さな城門みたいな入口の上に、赤色で撮影禁止、禁煙、ナイフ持込み禁止、手で触れること禁ず、持ち帰り禁止などを表すシンボルマークが描かれ、違反者は懲罰と書かれた看板が下げられている。長いスロープの架橋を降りる。東岸とのあいだに流れる木頭溝河河畔に林立するポプラ樹林のみどりが、周りはすべて砂丘なので際立つ。

先ず第一七窟。中は奥行きが浅いので、それほど暗くはない。地獄変の壁画がいちめん描かれているのが特徴だが、どうもマニ教の冥界図に似ているので、全国的に希有だとのこと。第二〇窟は本尊はすでにドイツの学者アルベルト・フォン・ルコックによって盗掘されベルリン博物館にあるという。だから洞窟内にはベルリン博物館所蔵の写真が展示されていた。一六世紀の作のようだ。高昌回鶻王とその王妃の立像である。また第二〇窟にあった西州回鶻期の菩薩座像と第三三窟にあった壁画「弟子挙哀図」は、現在、ウルムチの新疆博物館に収蔵されているが、とりわけ「弟子挙哀図」は釈迦の入寂を取り囲む各種族の人々の悲痛な顔貌を描く見事なタッチである。いま第三三窟は正面に仏像が一体あるのみ。第三九窟は最大の洞窟で十一世紀作だが、正面の仏像は盗掘に遭っていない。天井に千仏が描かれ、その下に横並びに鮮やかな仏像が描かれているものの破損がはなはだしい。ベゼクリク千仏洞にあった第二窟の壁画、第九窟説法図、回廊入口の仏像、左右の供養像、壁画などは、いまもベルリン博物館に確かに所在するが、ルコックが持ち出した一部の貴重資料は、第二次世界大戦で灰燼に帰してしまっている。

トルファン　二

一〇時五〇分。来た道を引き返し南へ二キロの高昌故城へ。高昌故城は西はアスターナ墓地に、北はカラコジョ墓地に近接する古城で、ウイグル語では「亦都護城」あるいは「タクアヌス城」といい、亦都は王城の意味であり、タクアヌスは伝説上の高昌王の名である。高昌の名が史書に現れるのは『漢書』の「西域伝」である。紀元前六〇年、漢は匈奴の日逐《にっちく》王を征服し車師国を属国とし高昌壁を築城した。当時、高昌はトルファン地区の政治経済の中心であった。魏晋の支配を経て五胡十六国時代に入ると、先ず三二七年、前涼国がここに高昌郡を設置して以後八つの政権が割拠していた。唐は六四〇年、その最後の政権麹氏を滅ぼして西州管轄下の高昌県としたが、外モンゴル地区にいた約一五万のウイグル族がパントーチンに率いられ西遷し焉耆《えんぎ》、亀茲、高昌一帯を占拠、八六六年にここを回鶻高昌の王都とした。だが一二〇八年にチンギス・ハーンに帰順。一二七五年には、一二万のチャガタイ・ハン軍に包囲され、長期戦の末遂に一二八三年に廃墟とされたが、一三〇〇年間の王都であった。最盛期には戸数二万、人口は五万であった。現在の遺址は周囲約五キロ、ほぼ正方形の地形である。

途中、沿道には葡萄畑がくまなく張り回《めぐ》らされ、時折、道端に砂やなぎや楡の木や真紅の花の咲く柘榴《ざくろ》の樹が立ち並び、カレーズからの水が道の側を流れている。一一時一五分到着。ちょうど火焔山山地を挟んで、ベゼクリク千仏洞の南に位置し、ベゼクリクの断崖の前を流れていた木頭溝河が火焔山山地を横切り勝金口から南へ溢れ出た三角州に当たる台地である。城内に一歩足を入れた途端、前方に広がる眺望は荒涼とした砂漠のなかに展開する様々な収拾のつかない土塊の山々であった。塔みたいなのもあり墳墓みたいなのもあり、そのどれもが眼のような穴を無数に抉られている。そのなかに舗装もされない轍のついた道が一本斜めに彼方へつづいているばかり。入口には赤い幌を掲げた黒いロバに牽引された馬車が待機する。タイヤのついた四輪の馬車だ。道はくねくねと左右に曲がり、そのうえ凹凸で腰掛けているのがすこぶる不安定である。視野には次々と左右に最高は一〇メートルもある大小の土塊が入れ替わり立ち代わり姿を変えて現れる。突然、一人の赤地に緑のワンピースを着た少女が、七歳くらいか、赤紫の頭巾を覆い、左肘に籠を下げ立ちどまったまま、さかんにこちらに向かって手を振っている。周囲にはまったく人影のない環境のなかで。

馬車は城の西南方にやって来た。日干し煉瓦を積み上げた四角な遺壁の日蔭に、一頭の駱駝が背中に小さな紅い敷き物を乗せ、手綱をつけられたまま蹲っている。いったい何を考えているのか。どうも周りの建物の構造からしてどれもかつては巨大な寺院であったらしい。立ち止まっている箇所は広い中庭で、正面にそそり立つ高さ二〇メートルもある四角な龕洞《がんどう》を無数に積み上げた塔は、ストゥーバであるはずだ。説明によると、ここは外城の西南隅に当たり、やはり大きな寺院があった跡であり、面積は一万平方メートルはあり、内壁に囲まれている内側に、山門、庭、講経堂、蔵経楼、大殿、僧房などがあり、麹氏高昌時期の中期の建築だとのこと。この寺の周囲には多くの僧侶のいた坊や市《いち》の遺跡があるという。全体にこの高昌故城は外城と内城と宮城とから成り立っていて、すべて型枠を嵌め土を叩き土塊と日干し煉瓦とを塗り込んで築造されている。内城は外城で囲まれ、宮城は最北端で、内城の北壁が宮城の南壁である。

麹氏高昌王国の大寺院となれば、反射的に思い出すのは、第九代国王の麹文泰《きくぶんたい》である。かれは六二四年から六四〇年の一七年間の在位であった。二七歳の玄奘がたったひとりで、莫賀延磧を彷徨い越えて、当時の伊吾国いまの哈密に辿り着き、たまたま麹氏王国麹文泰の使者に出会い、その知らせで馬数一〇頭と家臣の者が哈密まで迎えに出、丁重に玄奘をトルファンの高昌城へ案内した。その時は貞観元年（六二七）ほぼ一〇月であるから、王位に即いてまもなくだった。玄奘は、国王のとどまって高昌国での導師となって欲しいとの熱心な嘆願をも、インドへの取経の強固な意思で拒絶した。断念した国王のせめての願いの説教を一ケ月間、高昌国の寺院で行ったというが、かれが説教した講経堂が、わたしの立つ右手の土壁一つ潜った奥の日干し煉瓦を積み上げ、その上を泥土で塗り固めた円形のお椀を伏せたみたいな構造だとのこと。なかは外から眺めるよりも確かにだだっ広い。むろん天蓋はない、空の青さそのものが屋根である。二、三〇〇人は収容可能かも。泥土を塗ってない土壁をしげしげと観察する。日干し煉瓦を、丹念に泥をセメント代りにして接合した見事な建築方法である。弟子慧立《えりゅう》はこの時の状況を次のように記している。

「ドームの収容人員は三百余人が座れるほどだった。太妃以下、王や総理大臣らが、おのおの席を別にして聴き入った。いつも法師が説教に赴く度に、王はみずから香炉をとり、自分で出て来てお迎えした。法座に昇ろうとすると、王はまたも跪いて踏台となり、法師に背を踏ませた……」と。

一ケ月の説教が終ると、国王はインドへの往復二〇年間の経費として玄奘に黄金百両、銀銭三万に綾《あやぎぬ》と絹など五百疋を与え、別に馬三〇頭と二五人の労務者を従わせ、同盟関係にある西突厥まで、使者をも案内役として同行させたとある。つまり、玄奘三蔵法師は、このトルファンの高昌国に来てはじめて、遠大なかれの取経という願望に具体的な成功へのスケジュールが敷かれたのだということである。ただし、高昌国の国王が熱心な仏教信者だとしても、またいくらかれが天才的な秀でた僧侶だとしても、二七歳の青年をこれほどまでに処遇するとは、いささか合点がゆかない。慧立の書には、国王麹文泰は玄奘に会った時

「私は先王と中国に遊び、隋の皇帝に従って東西二京（長安と洛陽）および燕（河北省）、岱《たい》（山東省西部）、汾《ふん》（山西省北西部）、晋（山西省中部）の各地を訪れ……」と述べている。

事実、麹文泰は父である先王麹伯雅とともに二度、隋の首都洛陽を訪れている。最初は隋の煬帝の大業五年（六〇九）に父子ともに訪れ、父伯雅は半年いて帰国したが、子の文泰は人質として洛陽に残され、大業八年（六一二）、再度訪れた父とともに煬帝に従って高麗征伐に同行。

その時に公主宇文氏を煬帝から賜り、父子ともに高昌に帰国。二度目は隋が滅亡し唐の太宗の貞観四年（六三〇）に、既に高昌国国王として妻の宇文氏とともに長安に入朝、翌年帰国している。しかし、帰国するや直ちに西突厥とともに唐に敵対する政策をとり、中国難民を勾留し、西域商人の往来を断絶せしめるなどの行動を開始した。そのため大臣張雄は国王麹文泰を諫めたが効なく苦慮して死亡。唐の太宗は遂に貞観一四年（六四〇）、大軍を動員し高昌攻撃に向かわしめた。麹文泰は驚愕して突然逝去し、高昌城は唐軍の攻撃によって壊滅してしまったのである。

このような経緯を勘案すると、玄奘が高昌城を訪れた当時の国王麹文泰の余りにも丁重な行動は、やはりかれのなかに鬱積していた中央権力からの離脱の下心であったとわたしは考える。

ところで、高昌故城には、いま一つ言及しなくてはならないことがある。それはここにも敦煌と同様に景教や、回鶻高昌王国初期に盛んであったマニ教の寺院跡なども発掘されていることである。景教寺院は高昌故城の城壁の東北の角の欠けた箇所を一歩外に出て小橋を渡って南に曲がる地点にある。西側には規模の大きな仏塔が聳えている場所である。この古い寺院は三つの大広間があるものの、なかは一切がらんどうでただ剝げた土壁だけが残っているばかり。だが残された土壁には抉り取られた痕跡がある。そこに問題の景教壁画が存在していたのだ。

一枚は東の大広間の東壁の内側、地面から約一・五メートルのところ。馬の背に跨がり黄色の鐙《あぶみ》に左足を置いた騎馬人物、しかし人物像はない。画面の左、馬の前には黒髪を巻き上げ脚まで届く緑の長衣を身につけ、上半身にはひだをとったゆったりとした紅いコートを羽織っている背の高い尋常ならぬ男がいる。両足は粗末な黒い靴。かれは左手に煙の漂う黄金の香炉を提げ、右手には黒い聖水鉢らしきものを捧げている。しかもかれの面前には、男二人と女一人が佇んでいて、どれもが棗椰子《なつめやし》の枝でなく紅柳《ぎょりゅう》（シリア以東の中央アジア地区では紅柳、日本では蘇鉄）の枝を持っている。最前に立つ男は橙色の長衣を、次の男は青灰色の長衣を着てともに帯は結んでない。どちらも襟なしの膝まで垂れる袖の長いコートを羽織っている。前者は青灰色、後者は橙色で、帽子は前は橙色で後者は黒色。靴は二人とも橙色。右の端の女は緑色の長袖の短い上着に、下半身は両足も隠れるほどの長いスカートで、肩先には太腿まで届く橙色の肩掛けをかけ、真っ黒い髪は頭上に高く髷を結んでいる原寸は七〇×六三センチメートルの絵画で、明らかに新約聖書の「ヨハネによる福音書」第一二章のイエスのロバに乗ってのエルサレム入城の「枝の主日」の壁画である。

いま一枚は西の大広間の南壁の原寸四三×二一センチメートルの小さな壁画である。この土地の服装をしている一人の年若い少女を描いたもので、紅い上着にだぶだぶの袖無しを着、胸先で結ぶ白い内衣は脚をも覆い、ただ靴の尖った先が覗くだけ。黒い長髪はきちんと梳《くしけず》られ、束ねられて背中に垂れ、別に小さく束ねられた髪が耳の辺りから胸まで垂れ、両手は胸前で合わさっている壁画である。

これらの壁画がマニ教のものでなくキリスト教のものである証拠は、白衣を着ているマニ教の神父やシスターでないからである。これらの壁画の他に高昌故城遺址から発見された景教の文献資料には、シリヤ語に訳された祈祷書の断片やシリヤ語訳の『新約聖書』の残巻に回鶻文字で記された康居語（サマルカンド語）訳の「信仰信条書」などがある。寺院の二枚の壁画を含めこれらの資料は、すべてドイツのアルベルト・フォン・ルコックによってベルリンの国立博物館に収蔵されていた。

次に高昌故城とともに同じ木頭溝河の三角州台地の西から北に拡がるアスターナ・カラコジョ墓地へまわる。アスターナとはウイグル語で首都の意味であり、現在漢名では三堡。カラコジョとは古代ウイグルの英雄の名前であり、現漢名では二堡。一二時一五分。ポプラと紅柳の樹林に対峙した入口の門を入ると、なかは草一本生えてない広大で平坦な砂漠。所々に電柱だけが立っているばかり。すでに大地は靴を隔てていても暑さが感じられ、太陽はまさに的を狙い撃ちするかのように酷熱の光を射かけて来る。墓地や古墳というからには、土や石を積み上げた土壘を想像するのだが、いやはや地上にはまったく何一つ聳えていない。ただ地面に三角形の穴が幾箇所か掘ってあり、その三角形の頂点へ降りる階段がついている。先ず降りた行き止まりの小さな縦穴に、身体を横にし背を屈めて脚を踏み入れ、なおもトンネルの階段を降りると、なかは暗くて一〇数人で満員になるほどの空洞であった。正面の土壁に三柱の仏と花と鳥とが描かれていて、通路の左の土台の筵には成人の男女二体のミイラが横になって眼を閉じていた。

発掘結果から考えて、アスターナ墓地はカラコジョ墓地から出土した最も古い墓誌年次の唐代の太宗の龍朔四年（実は麟徳一年）（六六五）に比較して、西晋の武帝の泰始九年（二七三）だから、高昌地区での早い時期の墓地群であると言える。凡そ埋葬期間は西晋の初年から盛唐の西州統治時代で三世紀より六世紀のあいだである。一九四九年以来中国の考古学者たちは、アスターナ・カラコジョ墓地の発掘を一〇数回も重ね、四五六余の墓を発掘、乾燥した地底から約一〇〇〇年間を経た多数のミイラや埋葬品、文献資料などを収集したという。

いま新疆ウイグル自治区の中心都市ウルムチにある新疆博物館には、アスターナ・カラコジョ墓地から出土した多くの資料が展示されているが、ここから出土したミイラがある。先に述べた麹氏高昌国を滅亡に至らしめた麹文泰王を諌めて逝去した張雄（五八三～六三三）のミイラである。かれは字を太歓といい、高昌王国の最高軍司令官で、左衛大将軍兼司兵部の要職にあった人物である。おなじくアスターナ墓地で発掘され、現在、トルファン博物館に保存の夫婦二体のミイラ、南北朝時期の高昌王国侍郎兼宮廷侍衛軍殿中将軍張寧（五五八没）とその夫人（五七六没）は、この張雄の祖先で、原籍は河南省南陽県出身の漢族である。

また先に高昌城に滞在した玄奘がインドへ旅立つに当り、麹氏高昌国の第八代国王麹文泰から黄金百両と銀銭三万を頂戴したとあったが、それらのコインは一体どこの国の貨幣であったのだろうか。それによってトルファン地区の他地区間との実質的な交流関係があからさまに検証可能となる。アスターナ墓地から発掘された銀貨は、いままでにも多くあるが、最も早い時期のは、英国のスタインの見つけた銀貨である。かれは一九一五年、アスターナ墓地のｉ：3号墓（六C末～七C初）で、ペルシヤのササン朝（Hurmizd Ⅳ（五七九））の銀貨二枚が、あるミイラ化した死者の両眼を覆っているのを発見し、さらにｖ：2号の墓でもミイラ化した死者の口中からササン朝（Khusrau Ⅱ（六六一））の銀貨一枚と、カラコジョ墓地でも一枚のやはりササン朝の銀貨を収集している。またウルムチの新疆博物館にもアスターナ墓地の唐代墓出土のペルシヤ銀貨一枚と模造東ローマ帝国金貨一枚が収蔵されている。このことは最近のトルファン地区で発見された約二〇〇〇件の文書を持ち出すまでもなく、かつてトルファン地区では、ペルシヤを中心に東は中国、西はローマとのあいだに、ソグドの貿易商人などを介して絶えず一定貨幣を共有する貿易ルートが開けていたと明言できるのである。

文書といえば、先にカレーズ関係の文書を挙げたが、アスターナ墓地第一五一号墓（六C〜七C）から出土の「高昌逋人史延明等名籍」の逋人《ほ》（逃走人）のなかに史、康、竺、白などの姓をもつ人々の記載があるが、史はKishの、康はSamarkandの、竺はインドの、白は亀茲の、何はKushaniyahの、安はBokharaの、石はTashkendの、曹はKabudhanの、米はMaymurghの出身を表わしている。これは西域や中央アジアのひとびとも、トルファン地区をあきらかに往来していたことを証明しているが、また次のような文書も出土している。アスターナ第五〇六号墓より出土した「交河県某館天宝十三載馬料帳」である。それには

「郡坊は馬六匹もて岑判官を迎へ、八月二十四日麦四斗五升を食わせ、馬子の張什杵を付《つけ》る」

と記され、「交河県某館同年十月二十五日后某日帳」には

「坊は岑判官の馬七匹を帖し、麦三斗五升を共《あた》え食わせ、健児《へいし》の陳金を付る」とある。この文の「岑判官」とは他ならぬ唐代の詩人岑參のことである。つまり両文書は確かに岑參が天宝十三載（七五四）に、安西四鎮節度使である封常清の安西北庭節度判官という官職で、再び唐帝国の西域統治の根拠地の一つの交河県にもやって来ていたことを意味している。だから岑參の

作である辺塞詩は、空想の所産ではなく、すべて現実を土台としての作品群だったのである。

近くの食堂で拌麺《バンミエン》をとる。時間はすでに一三時五五分、空を仰ぐと、雲一つ浮かんでいない。ギラギラと容赦なく照り輝く太陽はすでに中空に達している。もう岩山は怒りを発して烈火のごとく牙を剥き出しているはず。わたしはやっと火焔山とまともに対い合う地点に立った。古来、「火州」とも称されていたトルファンの、樹木一本とて生えていない荒涼とした砂漠地帯に蹲るこの岩山は、すでに真っ赤に焼けてフツフツと熱気を吐き出し、波打つ皺の狭間から心臓の鼓動が鳴り響くようだ。むろん火焔というから火を噴く山を想像するが、火山ではない。山を背に、駱駝が三頭、人待ち顔に佇んでいる。なぜ御者はいないのだろう。さてはこの暑さだから身を近くの陽の当らぬものの陰で休ませているにちがいない。傍らの砂地に四メートル四方の黒御影みたいな石が寝かされて表面には、中国語と英文で次の碑文が刻んであった。

「火焔山、ウイグル語でキジルタク（紅い山）。全長約一〇〇キロ、幅一〇キロメートル。東西にわたってトルファン盆地に横たわる。最高峰は海抜八五一メートルである。いまから約二億年前に、ヒマラヤ造山活動の期間に形成された。噴出した地層はジュラ紀と白亜紀および第三紀の砂礫岩層と紅色泥岩を主としている」。

著名な中国の明の小説家呉承恩の執筆にかかる『西遊記』の第五九回に、主人公孫悟空が、ここ火焔山の主であった羅刹女《らせつじょ》と、あまりに暑いものだから、扇ぐと涼しくなるという団扇《うちは》である芭蕉扇を奪い合う戦いのあった場所でもある。架空の物語であるが、三蔵法師こと玄奘のインドへ取経に赴いた史実を根拠にして書かれた小説である。しかし、火焔山といえば、やはり先の詩人岑參（七一五〜七七〇）の作である五言古詩「火山を経る」が思い出される。

火山　いま初めて見る、
突兀《とっこつ》たり　蒲昌《ほしょう》の東。
赤焔　虜雲《りょうん》を焼き、
炎気　寒空を蒸《む》す。
知らず　陰陽炭、
なんぞ独り此の中に燃ゆ。
われ来る　厳冬の時、
山下　炎風　多し。
人馬ことごとく汗流る、
いずれか知らん　造化の功を。

（一九八一年八月　上海古籍出版社刊『岑參集校注』）

火焔山を今日はじめて眺めることができた、
蒲昌県の東の辺りに空高く聳えているのを。
それは赤い焔が、辺塞の雲を焼くみたいで、
それは熱気が寒空を滔《とう》々と蒸すようである。

天地のあいだのありとある熱エネルギーが、
どうしてここでのみ烈しく燃え上がるのか。
わたしが来たのは、明らかに厳冬の季節だ、
なのに、山麓の熱風は勢いよく顔面を襲う。
人間はもとよりのこと馬でさえも汗だくだ、
一体誰が自然の働きを探知などできようか。

蒲昌とは現在の新疆ウイグル自治区のシャンシャン県であるが、唐代の岑參生存時には西州交河郡に属していたからトルファン盆地の東という意味で矛盾はしない。火焔山の山脈は現在、西はトルファン市の北桃児溝から東へ県境を越えて、シャンシャン県城の西南蘭干にまで達していて、ちょうど山脈の西半分がトルファン県側で東半分がシャンシャン県に属しているため。だから「蒲昌の東」という言い方は、トルファン県側から東へ延びる火焔山を眺望したことになる。さらに「初めて見る」とある言葉によって、この詩の作製年次が判明する。この詩は岑參の初回の天宝八載から十載（七四九〜七五一）まで、安西四鎮節度使高仙芝の右威衛録事參軍、掌書記としての西域行で、かれ三四歳より三六歳の時の作である。敦煌より陽関を越え西域南道のミーランへ、それからタクラマカン砂漠を縦断してバグラシクリ湖畔へ出て、そこから当時唐帝国の安西都護府のあった亀茲城（いまの庫車《クチャ》）へ赴任。その期間に所用でトルファンの北に聳えるボグダ峰（金娑嶺）の北の北庭都護府の所在地庭州（ヂムサル）へ赴いた時である。

それは天宝十載五月、現在のキルギス共和国の西部、タラスにおいて唐軍（指揮官高仙芝）が、大食《タージー》（サラセン帝国）を中心に結集した中央アジア諸部族軍と正面衝突し、遂に大敗した年でもあった。

トルファン　三

一七時〇〇分。トルファン市中央部から西へ一〇キロの五星にある交河故城へ向かう。この故城は北の天山山脈に源をもつ大河沿河の下流のヤルナイヅ河が、二度交叉するその中間点にある小さな島のような台地である。そのために「交河」と名づけられたのである。河床は両河ともに一〇〇メートルはあり、深さ三〇メートルもある断崖で、まったく柳の葉の輪廓の天然の要塞いや巨艦という表現がぴったりの故城である。台地は西北から東南に長さ約一七六〇メートル、幅最大約三〇〇メートル。現地のひとびとはこの城をヤルホートウと呼んでいるが、ヤルとは突厥語「切り岸」の意味で、ホートウとはモンゴル語で「断崖の城」という意味である。城内には一滴の水の流れる川もない、だから開墾できる土地はない。これがいまにまで保存されて来た主要原因である。交河故城は紀元前三世紀にすでに姑師によって築城され、車師前国の時代には首都としてトルファン地区の政治の中心地であったが、漢代に高昌壁が築かれると、やがて政治の中心は高昌城へ移転してしまった。しかし軍事的拠点としての交河城は依然漢代から魏晋、高昌王国、唐、回鶻高昌、元末、明初まで一五〇〇年間変わることはなかった。唐代には一時（六四〇〜六五八）ここに安西都護府が設置されたこともある。一三世紀末にモンゴル集団軍一二万が侵入、一三八三年、ついに二度の戦火のために壊滅した。現存の廃墟はほぼ唐代の最盛期のものといわれている。

城門は東、西、南の三門あるが、先ず船首に当る南門の脇から掛け橋のような坂道の城内への道を上る。道の右側の崖に横文字のウイグル語の下に「交河故城」と黒く書いた大きな額が高く掲げられ、断崖はいまにも頭上に倒れかかるような錯覚に捕われる。むろん建造物はすでに徹底的に破壊尽くされているが、三六万平方メートルの建築群は幾つかの小さな区画に分けられ、南北を貫く大きな道が中央部を貫通しており、居住区域は東と西に両分されている。大道の両側は、すべて自然の山地を穿ち、分厚な日干し煉瓦を積み上げた土壁で、一つとして窓らしき穴は設けられてない。中央部の官庁街にさしかかる三叉路の左手の道の脇に瞭望台というロクロのような穴蔵があり、中へ入って外を眺めたが、まったく一木一草生えてない荒涼たる土ばかりの廃城である。官庁街だった地区は土壁の厚さ一メートル、地上の建物は何もないが、地下庭園は幅広く、幾重もの土壁がかつての厳重さを思い知らせてくれる。ここが二度目の西域行で、岑參が五言古詩「交河郡に使いして」と詠んだ軍事拠点交河郡の司令部のあったところか。官庁街の西側の大部分は居住区で、路地ばかりが縦横に交叉する高い崖っ縁に立って下の峡谷を覗く。細やかな流れが所々ポプラと柳林の間に輝き、緑の棉に葡萄とトウモロコシ畑。確かにいまでも人間どころか猛獣さえも近付けない堅固な台地だ。歩きあるくと中央部の寺院地区に出た。碑文がある。大仏寺である。前庭には一〇段の土の階段をもち正面は高さ二〇メートルもある土壁。建築面積は五一〇〇平方メートルという。その後ろが主殿。主殿の中央の塔柱は四面が龕洞になっていて、その一面に頭のない一つの仏が永遠の座禅を組んでいる。左右には面影を残す廂房。最北部の地区には幾つも塔が立ち並び、その果ては古代の墓地が点々と続く。

現代の中国では、詩人艾青《アイチン》（一九一〇～九六）が文革時期の十一年間、新疆ウイグル自治区に流され強制労働を課せられたが、当時、この交河故城を訪れ、「交河故城遺跡《ヂャオホー》」という次の詩を残している。

まるで城を駱駝のキャラバンが通り過ぎ
ひとびとの喚《わめ》く声に駱駝の鈴が挟まるようだ
いまもなおにぎわいに溢れる町並み
車は流水のようだし、馬はドラゴンみたい

いいや、贅《ぜい》を尽くした豪華な王宮も
はやいちめん廃墟と変わり果て

千年の喜びも悲しみもそれに出会いと別離も
ひとすじの痕跡さえ探し出すことはできない

生きているものは精魂込めて生きるんだ
大地に記憶を留めようなどと望むでない

（一九八三年　新疆人民出版社刊　詩集『雪蓮』）

ふたたび市内へ、新城路から旧市街の西環路に入る。ウイグル族医院や少数民族学院が窓外に次々と現れる。トルファンのひとびとは殆どがイスラム教信者だから、左手の塀のなかの緑の樹々に囲まれた建物の四隅に高い塔の聳える白灰色のモスクが、夕陽に燦然と輝いている。市街地は洋館が立ち並び、黄色の小型タクシーが行き来する。道幅は四・五メートル、それに歩道が両側についていて、まだ丈は高くはないが、紅柳《ぎょりゅう》の並木が植えられている。

ひとびとの服装はどちらかといえば、街路の若い女性はツーピースやワンピースの長いスカートの下にスラックスを穿いた華やかさが目立ち、むろん頭にも花帽と呼ばれる刺繍した独特の丸い帽子を載せ、かかとの高い革靴を履いている。年老いた女性たちでも、色とりどりのヴェールが目立ち、それも頭に被っているだけで顔までは覆っていない。割にくだけた服装だ。髪は年齢によって様々で、未婚の女性は一〇数束にも結んだ弁髪にし背後に長く垂らし、既婚者は二束の弁髪だが、なかには弁髪を頭の上で鬘《かつら》みたいに畳んでいる人もいる。それはともかく女性の装飾品の多さ、首飾り、腕輪、イヤリング、指輪など。体じゅう砂棗などの自分でつくった化粧水を施している。女性に比べれば男の服装はあまり映えない。白い下着に襟のない黒い上衣を着て、黒いズボンを穿き腰に帯を締め、足は革靴。頭には各色の刺繍した小さな花帽を被っている。髪は長くはなく短髪かそれとも頭じゅう剃り上げている。

道は大きく右折、緑洲西路に入る。「緑洲」とはオアシスという意味である。ホテル緑洲賓館に到着。明日は新疆ウイグル自治区の中心都市ウルムチと、万年雪と氷河とに覆われた天山山脈ボグダ峰の北麓にある景勝の地天池へ挑むのだ。十分に休養をとっていなくてはならない。

天池

八時三五分、トルファンを出発。先ずはウルムチまで一八二キロ、この時間というのに、もう気温は四二度、湿度二二度。トルファンは平地ですら海面下九五メートルの低地なのだ。国道三一二号線に戻り、四車線のアスファルト道路を全速力で車は突っ走る。右は遥かゴビの砂礫、左は葡萄の乾燥家屋とみどりの樹林がつづく。空のトラックが三台と、多分穀物を満載したトラックが二台前を駆ける。沿線の道路標示はウイグル語と漢語が白地に赤文字で記されている。彼方遠くの山並みは天山山脈だが、肌はみどりの一かけらもない。道が二つに分岐する。右がウルムチ、伊犁へ、左がカシュガル方面だ。道路は二車線となり、周囲見渡すかぎり砂礫ばかり、右手はゴビを隔てて砂丘の山々が連なりはじめた。道は完全な一直線。右へ大きくカーブする。一羽の鳥も一株の植物も絶えてない。対いから高級車が三、四台、列を連ねてやって来た。運転手はあれはウルムチからトルファンの葡萄祭りに高級官僚がお出ましなんだとぼやく。やがて小さなオアシス、二人の羊飼いの鞭に無数の羊たちが放牧されている。車道に並行して蘭新鉄道の線路が接近して来た。右前方微かに険峻な山並みが顔を見せ、近くのと遠くのとで山の色合いが異なっている。道はやはり直線だが、次第に降って行く感覚だ。交叉する橋はカシュガルへ通じる南疆鉄道。

小草湖旅遊接待站に着いて休憩。ここはトルファン市の西北でトクソン県との境にある天山山脈の麓の小さな湖だったのだが、いまでは幹線道路の開通でその名をとどめているに過ぎない。佇んで周りの景色を見渡すが、北は山峡が口を開け、南は広漠たる靄に霞む雲の下の世界のようだ。じっと立っているだけなのに、幾度も突風に身ぐるみ強奪されて行かれそう。強風の通り道なのだ。つまりここは天山山脈越えの峠。天山山脈は中央アジアの東から西へ走っていて、天にそそり立つほど雄大な相貌のために命名されたというが、東西長さ約二五〇〇キロメートル。面積は新疆ウイグル自治区の総面積の四分の一を占め、西の端は幅が約四〇〇キロメートル、東の端は伊吾の辺りで幅約一〇〇キロメートル。山の稜線は海抜約四〇〇〇メートル以上で万年雪と氷河をたたえている。キルギスタンとの国境に屹立するハンテングリ峰は六九九五メートルあり、最高峰のトムール峰は七四三五・三メートルもある。この山脈は画然と北のジュンガル平原と南のタクラマカン砂漠とを、なで切りする鉈の役割を課せられているのである。だから古来、この山脈の北には烏孫、月氏、匈奴、車師后国、鮮卑、突厥、回鶻、モンゴルなど遊牧民族の天国があったのだ。

ふたたび山峡に入る。左右の山が急にわたしを取り囲みはじめる。道路の右下をひとすじの川が流れる。天山の雪解け水だ。右へ左へと車は屈折を繰り返しながら上昇をつづける。やがて水が逆方向に流れはじめ、小川の両岸にみどりの樹木が茂り、時折粗末な小さな家屋が見え隠れ、川をショベルカーがさらえている。山谷を抜けると右側は全面的にみどりの草原と林が続く。やっと岩石だらけの山々で囲まれた達坂城《ダーバンチョン》にさしかかる。道はやいちめんの傾斜になっている。達坂とは突厥語で「山の入り口」という意味で、ウイグル語では「高い山の峡道」という意味である。まさにその名のとおりの目の前の風景である。既に時計は一〇時二〇分。もうウルムチ県内に滑り込んでいるはず。車窓の左、白い雲の浮かぶ彼方にぼんやりと低い山脈が霞み、その手前に白い砂浜に囲まれた小さな湖が見えて来た。地図で確認すると塩池である。湖畔に立ち並ぶ建物は製塩工場のようだ。道路の右側は蘭新鉄道。左はみどりなす広大な草原の南山牧場。突然、行く手に林立する細長い白塔がいちめん屏風のように立ちはだかった。青い湖を背景にした道路標示には白で「柴窩堡《チャイウオバオ》」と記されてあり風力発電所だった。その数一〇〇個以上の風車がくるりくるりと人の力を借りることなく回っている。まだ日本国内では見かけない光景である。いったいどれくらいの電力が供給されているのか。観察すると、明らかに年じゅう風の通い道に当る地形である。危険極まりない原子力発電に比較すれば、安全性の高さは火を見るより確かだ。新疆肥化工場とセメント工場が遠ざかる。下り坂となり視野がぐんと拡大し右へハンドルをきる。いちめんいまだに砂礫の原野。石油採掘場を過ぎると、沿道に槐《えんじゅ》の樹か低い樹木が植林されていて時折、陸橋が頭を覆う。道路の左脇に立ち並ぶ高いたかいY字型の照明灯に誘導されながら、やっと近代的ビルの林立するウルムチ市内に潜り込んだ。紅山が展望される。右折して高い陸橋を渡り河灘区。左に新疆師範大学の校舎を見下ろしながら北東へ一路、二一六号道路をまっしぐら、目指すは天池まで、一二〇キロメートル。

美味しい米のとれる米泉市の手前でさらに北東、大草灘を通過。左右、トウモロコシ畑では五、六人の男女がトラクターで穫り入れ中。真っ盛りの黄色のヒマワリ畑に陸稲、それに棉が次々と現れ、その風景を遮るようにポプラの並木が整列している。並行して鉄道線路が延びている。いまジュンガル盆地の東南端の阜康市を貫通、ここは人口が一四万五〇〇〇。年平均気温は六・七度。かなり厳しい自然環境である。沿道の右側には低い山脈を背に白や黒の羊たちが緑の牧場で草を食んでいる。南の天山山脈からの流れで水を確保する水磨溝牧場だ。道の脇の標示板に矢印で「天池」と出た。時間はちょうど一時〇〇分。右折し大きく曲がり、真南へ向く。遥か望むと、遠く白雪を頂くボグダ峰の峙つ天山の山々が二重に波打ち、谷間に見えつ隠れつするひとすじの三工河の縁を遡る。道の左右に露店が並び、哈密瓜や西瓜が地面に転がっている。森のなかに「王西母餐廳」というレストランを発見。昼食をとること一時間。

あと四〇キロメートル。二時〇〇分。地下には石炭が埋蔵しているのか、幾つもの炭鉱が隠れてはまた現れる。山々は麓まで丸裸だが、川の両岸だけはポプラや紅柳《ぎょりゅう》や楡の林が繁茂し、牧草も生えているので、牛や山羊や馬の群れが放牧され、樹々の下には白い包《バオ》や木の小屋が設けられ、「接待站」と看板を立て、周りを三角形の色とりどりの旗で囲んだ夏の臨時休暇村に幾つも出会う。「白楊区自然風景区」だ。急斜面が多くなり谷の狭間もますます狭くなり、小川は盛んに白い息を弾ませ、道は七曲がり。右と左に小さな池があり、右が西小天池。前方に滝。一気に坂をよじ登ると、万年雪に覆われた山々に抱かれ、紺碧の水を湛えた湖が眼下に横たわる。天池である。時計は二時五〇分。位置はボグダ峰の西北。海抜一九八〇メートル、広さ五平方キロメートル。山紫水明の岸辺に立つと、湖面にもまるで地上と異なる世界の山々が連なっているようである。タクラマカン砂漠の荒涼とした様相と、この雪嶺雲杉の天をも突くばかりに茂る湖畔の風景とを対比してみると、余りの違いに人はみな声を呑むはずである。だからこそ天池は瑶池ともいい、紀元前一〇世紀頃の周の穆王の西域遠征記『穆天子伝』には、穆王が西方を巡視した時、この湖畔で西域の女王西王母に会ったと記し、いま通り過ぎた西小天池は彼女が脚を洗った池だと伝えられているのではあるまいか。先の詩人艾青《アイチン》の詩に次のような「天池」がある。

こおりの峰のしかと抱擁するなかで
白い雲はここでのびのびと水を浴び
山羊はここにやって来ては水を飲み

アカシカも姿をうつしにいつも来る
人のついぞやって来ないところこそ
もっとも清らかな水は湧き出るもの

（一九八三年　黒龍江人民出版社刊　詩集『雪蓮』一五頁）

ところで、引用したこの詩集の名前は『雪蓮』というが、雪蓮とは固有な花の名である。どこにでも咲く花ではない。海抜三〇〇〇メートル前後の高山の積雪のある断崖の礫岩や砂岩の岩かげに茂る多年生の植物で、高さは一〇センチから三〇センチ。花は橙色の管状花で、七、八月に咲き、実は九月。花は秋の菊のふくよかな香が匂い薬用植物である。産地は限られていてこの天山山脈と崑崙山脈、パミール高原の山中でのみ繁茂する。いま歩む道の崖の上には、少数民族のカザフ族のひとびとが坐って、秋に収穫し陰干しした雪蓮や林檎や霊芝や山羊の角などを並べて声をかけている。「雪蓮はいったい何に効くの」と声をかけてみたところ、かれらは一斉に「関節炎やはしかなどの特効薬だ」と持っている現物を突き出して来る。

天池を見下ろす天山山脈の山麓に天然の夏場の牧草を求めてやって来ているカザフ族の、三〇余個もの包《パオ》のある「小鍋底《シアオクオデー》」村の一つの包のなかの赤い絨毯に請われるままに腰を落ち着ける。高さ三メートルはある天井も葡萄文様の真っ赤な絨毯が張ってあり、壁の部分は赤黒い絨毯だ。外観によらず内部は一五、六人は座れる空間である。包《パオ》の周りは牧草地でそのまた周りは樅《もみ》の木林。空はやや曇り勝ちだが白雲は漂い、遥かボグダの峰をはじめ積雪の山々がたたずく。天山地区の牧草は、ヨモギやハマスゲ、カモガヤ、雀の鉄砲など良質なので、いまや全体で数百頭の名にし負うイリ馬をはじめバルクル馬、イエンチー馬それに牛や羊や山羊が放牧されているという。やがて出されたバター茶を飲み、小麦でつくったビスケットみたいな菓子の味見を試みる。なんとなくくすぐるパンの香りに指がまたも動き、外では羊の肉を串さしにしたシシカバブーを焼き始めたのか。強烈な食欲が体じゅうを駆けめぐり出す。

カザフ（哈薩克）とは「自由のひとびと」という意味で、かれらが主として居住している地域は、中国内では新疆ウイグル自治区の天山北部で、イリ・カザフ自治州に属するイリ、塔城、アルタイの三地区と天池も含む昌吉回族自治州である。カザフ族の源は諸説あるが、紀元前二世紀にイリ河流域にいた遊牧民チュルク系の「烏孫《うそん》」と「康居《こうきょ》」族が有力視されている。中国内のカザフ族の人口は約一二八万で、宗教はイスラム教スンニー派である。カザフ族の独特の催しものに「おとめ追い」という祭日に挙行する遊びがある。現代詩人聞捷《ウェンヂエ》は詩「競《くら》べ馬」で、それを歌っている。全篇八連だが、その前半を次に挙げてみよう。

村びとたちはどっと笑った、
笑い声が羞しくってわたしの顔はまっか、
きょう、わたしと競べ馬をする人は、
なんとわたしの好きなわかもの。

わたしとかれは馬の頭をならべてかけだした、
はるかな草地のあたりをめざしてかけだした、
わたしたちの背後では、
多くのうらやましそうな眼がひかっている。

馬よ、もう少しゆっくりかけておくれ、
馬よ、もう少し近づいておくれ、
わたしのすてきな人よ、
いろんなうちあけ話がしたい――

かれの話はまるで小川を流れる水のよう、
ひとことひとことわたしの心の田に滲《し》み込んでゆく、
「ぼくらのように真剣なこころであれば、
いつまでも変わることはない豊かな愛であるはずだ。」……（以下略）

（一九五六年九月　作家出版社刊　詩集『天山牧歌』四七頁）

カザフ族の詩といえば、すぐに浮かぶのは英雄長篇叙事詩『アルパメス』である。総頁数一三一頁。一〇世紀の頃、コルラトという放牧を業とするカザフ族の部落に、とても正直な夫婦がいた。男の名はパイブルと言ったが子どもがいなかったので、従兄弟の子ウリダンを養子にした。ところが、この子は成長するにしたがって粗暴であるばかりか、ついに養父母を虐待しはじめた。養父母は夜毎、聖廟に難を避け拝んでいたところ子どもを授かった。その子はアルパメスといい、やがて隣村のサルバイの娘クリバルと許婚の縁を結ばせた。だがサルバイは懸念した。アルパメスはどうも健康が気掛かりだ。もしものことがあるとカザフの風習で、娘は養子とはいえ兄に当たるウリダンの妻にならざるを得ない。あのひどい男にどんな目に遭うかも知れない。そこで婚約を破棄しようと娘を遠い村の知人のところにあずけた。成長したアルパメスはそんなこととは露しらず、許婚のいる村を目指して馬を走らせた。途中ある岩壁に「カラマンカハンがいまにクリバルを妻に迎える」という文字が刻まれているのを発見した。かれは村人たちの手を借りてカラマンカハンを急襲し、ついに勝利しクリバルとの念願の結婚を遂げた。が今度はタイシクカハンが父の牧場の馬の群れを奪い去るという事件が発生。かれは両親と妻を残して独りで駿馬に跨がりタイシクカハン探しに旅立った。タイシクカハンは嗅ぎつけ、自分の娘を含む四〇人の若い女たちを、妖怪婆の息子の嫁にしてやるからと言ってアルパメスの殺害を頼み込んだ。婆ばあは四〇人の若い女たちを連れ、アルパメスのやって来る路に四〇の包《パオ》を張って待ち伏せしていた。やって来たアルパメスに、婆ばあは「わたしの四〇人の可愛い息子たちが、あなたのお父上の馬の群れを護衛していたために、タイシクカハンにみな殺しされ、寡婦になった四〇人の息子の嫁たちが泣き暮れているのよ。あなたは包《パオ》毎に彼女たちを慰問しなくてはなりません」と唆し、酒で酔いつぶし殺そうと企んだ。計略にかかったアルパメスを、婆ばあは術を使って殺そうとしたが、どうしても息を絶つことができないので、やむなくかれを深い淵の底に投げ入れ、乗っていた馬は鉄房のなかに閉じ込めた。四〇人の若い女のなかには、タイシクカハンの娘アイムがいた。彼女は自分のことを考えてくれない父に反抗して、父親の狙うアルパメスを救出しようと策略を考え、羊飼いのアイクワティとともにアルパメスを救い出す。アルパメスは人々を結集しタイシクカハンと妖怪婆を退治し、羊飼いのアイクワティを指導者に選び、アイムと一緒になった。七年経ったある日。突然夢に現れた大鷲のお告げで、故郷のことが気にかかり、再会を誓いアイムと別れ帰郷する。故郷ではいまや義兄のウリダンが部落の長《おさ》となり、したい放題。父は駱駝を飼わされ、本妻のクリバルはその日、強制されてウリダンの妻となるところだった。アルパメスはウリダンを討ち、生まれ故郷に再び自由な世界を取り戻させた。次はアルパメスがアイムに再会を誓って帰郷しようとする場面。

愛するひとがまたも武器をとり出かけるために、
わたしは鮮やかで美しい花の絨毯を敷いてやる。
草原の路は、でこぼこしていて果てしない、
わたしはいままでに言うにいえない苦労の連続だったのに、
苦しみが、またもわたし目指してやって来る。

ひとは父母の恩は深く情は口には言えないと言うけれど、
わたしはまったく身に覚えがない……
たとえ恩恵が山のように重くても、
あなたと朝夕たがいに身をよせ合いたいために、
わたしは両親の願いにもきっぱり背を向けた。
この世のすべてのものを失い、
自分の家庭をも叩き壊してしまいそう。

残念なのは、まだあなたのために世継ぎが生まれないこと、
いまだに身ごもる気配も見えないこと、
暮らしよ、わたしが恋しがらないでいられますか。

あなたが得たものもたちまち消え去ろうとしているし、
わたしの望むものもすぐにも散り失せようとしている。
暮らしよ、希望を願わないでいられますか、
幻の夢の世界には語るに足る楽しみなんてあるのでしょうか。

（二〇〇〇年五月　民族出版社刊　王景生、胡南訳『阿尓伯梅斯』九五頁）

四時二〇分。天池を出発。阜康を過ぎ米泉市に入ると、しきりに道路脇に「建設一〇二団」とか「建設二〇二団」という文字が目につく。これは艾青が文革中一一年間、強制労働を課せられていたウルムチの西にある石河子の農八師生産建設兵団を挙げるまでもなく、中国全土からこの新疆ウイグル自治区の天山山脈北部の砂漠地帯、ジュンガル盆地を開発する崇高な任務を果たすためにやって来た開拓団の担当地区を示している標示に他ならない。大鷲が一羽、北のアルタイ山脈からか、まさにゆうゆうと大空をわがもの顔に羽搏きながら、高速道路の上空を飛んでいった。ウルムチ市内南京南路のホテル環球大酒店に到着したのは一九時三〇分。部屋番号は一三〇七号、二四階建の摩天楼の一三階だった。ウルムチ（烏魯木齊）市はいまや新疆ウイグル自治区の中心都市として、人口一四七万九〇〇〇を擁する中国でも屈指の近代的な一大要衝で、天山北部に位置し三方を天山山脈に抱かれている。ここの主要民族は漢、ウイグル、回、カザフなど。一年の平均気温は六・六度、夏の七、八月が三〇度で、冬が零下一四度。一年間の降雨量が三〇〇ミリメートル。労働時間は時差のため、午前一〇時から午後一時三〇分までと午後四時から七時三〇分まで。わたしの投宿は七時三〇分だった。

ウルムチ

ウルムチの歴史をふりかえると、もともとウルムチとはジュンガル語で「美しい牧場」という意味をもつウルムチ河沿岸の地であり、漢代に車師王国に属し、唐の太宗貞観年間に現在の市の南の郊外烏拉泊《ウラボー》に輪台城を築いたが、九世紀後半にはトルファンの高昌回鶻王国に属し、元代には察合台《チャガタイ》王国に帰した。明代以後はモンゴル族が遊牧し紅山にその境界線を示すオボを築き南に土城を築城した。乾隆二一年（一七五六）に清軍がこの地に駐屯し廸化《てきか》と命名。一九五三年、県を改めてウルムチと名づけ市制をしいたのである。

朝、七時三〇分に朝食をとり、九時三〇分。今日の見学箇所を予め運転手に示し、その順序については一任する。先ず市の郊外の約二〇キロメートルの烏拉泊《ウラボー》故城へ向かう。中山路のインターチェンジで珠江路に移行し一目散に真っ直ぐ鑒湖《かんこ》（現在の人民公園）へ。やがて道は三叉路、右か左か首を振っていたが、土地の人に尋ねて左手の道をとる。道はだんだん狭まり、農村の居住地区の路地をくねくねと辿る。出会う村人に烏拉泊故城の所在を問い質す。遂に左の彼方に烏拉泊ダムが照り輝いた。久し振りに降った先日の雨で、ダムに流れ込む小石ばかりの小川の水はどんよりと濁っていたが、確かに遥か正面の湖のなかに張り出した半島の上に土壘を積み上げて築かれた痕跡は、土つくりの故城の跡である。緑は一点として存在してない。ただ殺伐とした砂磧《させき》と湖のなかに、そこのみが頂上を削りとられた砦の姿態である。

ウルムチ市内の人々に「輪台はどこにあるの」と聞いても、まったく首を横に振るばかりであったが、いまここで念のため、さきほど会った土着の村人たちに「ここの地名は何」と尋ねてみたところ、みな「昔は輪台という名だった」という応答が返って来た。わたしの烏拉泊故城の探索はこの一点を自分の眼で確かめたかったからである。漢代に西域都護府を置いた天山南路の庫車の東にある「輪台」とは、本来異なっていたのである。唐の高宗は永徽元年（六五〇）に、天山山脈の北麓の要害の地であり、西は天山の峡谷を抜けて焉耆（カラシャル）、亀茲（庫車《クチャ》）へ直行可能なこの烏拉泊に輪台都督府を設置し、永徽三年（六五二）に輪台城を築城していた。城は元末に完全に廃城と化してしまったが、築城時にはほぼ正方形で周囲約二キロメートル、いまも七メートル余の古代の城壁が見られ、城の四隅には方型の望楼の址がある。

唐代の詩人岑參の「輪台即事」や「首秋輪台」などの詩は、他ならずこの烏拉泊にあった唐代の輪台城での作である。なぜなら岑參のこれらの詩は、かれの第二回目の西域行で、玄宗の天宝十三載（七五四）から、岑參が長安の西、鳳翔の行在所に帰任する粛宗の至徳二年（七五七）まであり、かれの西域滞在は三年間であった。この城はその間、厳然として所在していたためである。次に五言律詩「輪台即事」（七五五作）を挙げてみよう。

輪台の風物は異なりて、
地は是れ古《いにしえ》の単于《ぜんう》なり。
三月《やよい》に青い草はなく、
千家《せんか》はことごとく白楡《はくゆ》ぞ。
蕃書の文字は別《こと》なりて、
胡俗、語音も殊《こと》なれり。
愁《うれ》へ見る　流沙の北、
天の西海の一隅を。

（一九八一年八月　上海古籍出版社刊『岑參集校注』一五六頁）

西域の輪台の風景は故郷《ふるさと》とは異なっていて、
この地区は古の匈奴《きょうど》の国王単于のもの。
旧暦の三月《やよい》とはいえみどりの草は見出せず、
住む家々はみな樹皮の白い楡の木造り。
この地の文《ふみ》も見はすれど字は違っているし、
この地の風俗や言葉も全くさま変わり。
ただ遥か西域の広漠たる砂漠の北の果てと、
天の西海の一角を愁いもて望めるのみ。

ふたたび、車を引き返し、帰路の途中に勝利路の近代的な六階建の新疆大学と頑丈に鉄扉を閉ざす八路軍辦事処に立ち寄り、つづいて揚子江路の角にある新疆日報社と新医路の新疆師範大学を訪れる。新疆大学（以前は新疆学院）は、日中戦争の勃発とともに慌ただしく東京から帰国した林基路《リンヂールー》（本名林為梁）が、一九三八年二月、教務長として来学し、また一九三九年末に、香港にいた現代作家茅盾《マオドン》が教授として着任した職場である。新疆日報社と新疆師範大学（以前は新疆師範学院）は、ウイグル族の現代詩人リー・ムトリフに関係があるためだ。リー・ムトリフ（一九二二〜一九四五）は新疆ウイグル自治区の西北、ニロク県のイスラム教指導者の家に生まれ、伊犁の中学を卒業と同時に一九三九年、ウルムチの省立師範学校（現在の新疆師範大学）に入学。文筆に専念しやがて卒業もしないで新疆日報社に入社、新聞記者として活動を開始した。当時、日中戦争に突入していた大日本帝国軍隊は、すでに中国東北地区（旧満洲国）を併呑し、北はノモンハン、内モンゴル、山西省から南は海南島まで戦線を拡大していたので、中国の最西端の新疆地区でも根強い抗日意識が盛り上がっていたのは当然とも言える。さらに一九四〇年末から四一年一月にかけて安徽省南部で突然の国民党軍による新四軍攻撃によって、中国国内の抗日統一戦線は、完全に二つに断絶、全国的に混迷の度を濃くしたが、この新疆地区においても四三年、反動政権が樹立し、至るところで血なまぐさい事件が発生しはじめていた。リー・ムトリフが長篇詩「歳月への回答」を発表したのはこの時である。その冒頭部を次に紹介してみよう。

時間ははなはだ慌ただしく、
ふり返って待つはずはない、
歳月とは時間のもっとも速い脚どりである。
流水としののめとは
やはりあたかも昨日とまったく同じようだが、
疾駆する歳月は
寿命を密かに盗み取るこそ泥である。
寿命を密かに盗み取って、
頭をふり返ることもなく
たがいに追い越し追い抜かして、
そそくさと逃げ走る。
青春の花園で、
ホトトギスは羽をばたつかせもせず、
樹の葉も枯れもせず萎《しぼ》みもしない、
幼年時代は人類のすばらしい時期である、
だが、それはまたなんと慌ただしいことか、
暦の一頁を破り去るのは、
まるで一枚の青春の花びらが萎み行くようだ。

歳月の風がしきりに吹いていて、
樹の葉は大地を埋め尽くし、
葉の落ちた樹木は、
いちめん寒々とした景観である。
歳月ははなはだ富んでいて、
やって来るときにはけっして素手《すで》では来ない、
少女たちには皺を携えて来るし、
男の子たちには髭をもって来る。
だが、歳月を罵《ののし》ることはできない、
かまわずにやつを通らせよ、
それがやつの必然の規律だからである。
人類もやすやすと時間を放置するわけにはゆかない、
ゴビをみどりの田園に変えるものは
やはり人類のこの二つの手なのである。……

（一九五七年八月　作家出版社刊『黎・穆特里夫詩選』六七頁）

新疆日報社をガラス越しに覗くが人影はなく、ただ新疆師範大学の学内に繁茂するみどりの樹々に、かつてここで学んでいたウイグル族の若き美男子リー・ムトリフを重ね合わせていた。

ホテルに戻ったのは一二時三〇分だった。

午睡後、一六時〇〇分。ウルムチ市の中央部の人民公園の北に聳える標高九一〇メートルの岩山、岩そのものが紅なので紅山と名づけられた小高い公園を散策。以前は頂に玉皇閣という楼閣があったとのことだが、いまは九層の鎮龍塔だけが残り、戦後に建築の赤い涼台閣と、小さな人口池ができていて、市内のひとびとの憩いの場となっていた。ついで紅山の南の光明路の新華社新疆分社へ向かう。ウルムチ市政府の庁舎を過ぎて左一つ目の横丁を左折する。割に傾斜のある坂道を上ると、七階建のチョコレート色のビルに縦に赤文字で一目で分かるように「新華社新疆分社」と記されていた。そのビルと側の白いビルとの間の屋根つきの門が入口である。門を潜ると受付はチョコレート色のビルの中にあった。早速来意を告げたが、一向に埒があかない。というのは受付にいる二人の若者は、こちらの挙げる人物にまったく無知なのである。ここは、先にトルファンで「葡萄が熟れて」の詩や、天池のカザフ族の村小鍋底で「競べ馬」の詩を紹介したが、それらの詩を書いた現代中国の詩人聞捷《ウェンヂエ》（一九二三～一九七一）が、記者として勤務していた新聞社なのである。聞捷とはむろんペンネームで、本名は趙文書。しかしかれは一九五〇年代に、ここ新華社新疆分社の社長として在任していた人物である。抒情詩集『天山牧歌』を一九五六年に出版し、中国じゅうの愛好者たちを興奮の坩堝《るつぼ》に落とし込んだ詩人の名前を聞き知っていないとは。やはり後に文革で逮捕され強制労働機関に監禁の末、遂に自殺した人物の名は、いかに文革後とはいえ、忘却されてしまうものなのか。わたしは後ろも振り返らず無量の思いで、ただ坂を下るしかなかった。

坂を下り、林立する近代的ビルの谷間を歩きながら、わたしは同じくウルムチで、悲惨な最期を遂げた清代末期の作家劉鉄雲（劉鶚一八五七～一九〇九）に懐いを馳せていた。かれは長篇小説『老残游記』を書き、魯迅の著『中国小説史略』で評価された人物である。が、かれは日清戦争後、さらに中国の分割を画策する世界の列強八ケ国連合軍（日本、英国、ロシア、ドイツ、フランス、アメリカ、イタリア、オーストリア）が、天津、北京を襲撃した際（義和団事件）、戦火に遭って路上に横たわる死者を収容するボランティア団体を結成したり、また連合軍が強奪した国営食糧を焼却処分にしようとするのを見てそれを一括購入し、貧しい民衆に安価で与えたため、その行為を敵対者袁世凱《えんせいがい》に犯罪と糾弾され、無一文で徳宗の光緒三四年（一九〇八）に、西域の辺化つまりウルムチに流されたのである。当時の市内の人口は僅か二万八〇〇〇。劉鉄雲はウルムチに到着後、一年して逝去したことになっているが、それは当時発生したウルムチの大火災で惨禍に遭ったのだと伝えられているためである。実相はいまだに不明。劉鉄雲のウルムチでの住居は、大西門に所在していた壮大な城隍廟の区画のなかにあった劇場の大舞台の下の窮屈なねぐらだった由。城隍廟はもはや存在しないが、やはりこの光明路の近辺のはず。人ごとではない、いまや貧窮のどん底に落ちていたかれ自身を、見も知らぬ西域のひとびとはどのような眼で見つめていたことだろう。二人の姿がいつまでもわたしの心を把えて放さなかった。

一八時〇〇分、博物館へ。正式の呼称は「新疆維吾尔《ウイグル》自治区博物館」である。ウルムチ市を南北に貫く大通り太原路に面していて、背後の地区には清代の城跡老満城が拡がっている。赤い二本の門柱のあいだにそそり立つイスラムモスクのような青いドーム型の屋根の天辺には金色に輝く尖柱が聳え、本館の入口の白壁には二人の飛天が黄色くモザイクされている。内部の文物は整然と展示されており、説明者の解説ならびに解説文も丁寧で理解し易かった。わたしが特に惹かれたものは、先ず三〇〇〇年前のシシカバブーだった。小さな胡楊樹の枝三本に突き刺された羊の肉は、いま焼いたばかりの匂いが漂うようだった。これは新疆ウイグル自治区の西域南道の且末《チエモー》県扎魯洪魯克《ヂャールホンルーコー》郷での出土品。また縦三メートル×横一・五メートルの唐代の絹に描かれた「伏羲《ふっき》女媧《じょか》畫」。この画は、下半身はどちらも蛇身が絡んで交わっていながら、上半身は黒と黄の衣服を着、腰は一つに帯で結ばれており、片手はともに相手を抱き合い、頭には男は黒の烏帽子、女もピンクの冠を頂き、男は片手に定規をかざし、女は片手にコンパスをかざしている図である。この画が描かれていたのは地下墳墓の洞窟の天井だったという。それにともに唐代の「卜天寿《ぼくてんじゅ》手抄『論語鄭氏注』」写本に、「伊吾軍納糧牒」軍事食糧調達文書、「定恵大師賣奴契」という寺院の奴隷売買契約書、それに現在でも口にする色とりどりのビスケットに似た「花式点心」、つまり花模様のおやつ。その他やはり唐代に製作されている石の挽臼を回す女性、サーカスを演ずる二人、ロダンの彫刻みたいな肘をつき頭を支えて考える女などの土人形などである。これらはみなあの最高気温四九度という熱砂のトルファンの地下墓地アスターナより出土した文物なのである。

さらに付け加えなくてはならないものがある。博物館の右隣にある新疆古代歴史文物陳列館に収蔵されているミイラである。アスターナ墓地ですでに述べた張雄のミイラは勿論のこと、他の二体に注目。一つは一九八五年に前述のシシカバブーと同じく且末県扎魯洪魯克郷墓地の第一号墓より出土した三〇〇〇年前の生まれて八ケ月くらいの嬰児のミイラ「且末嬰尸《えいし》」である。頭に深々と紺の帽子が被さり、全身は一枚の褐色の粗い布で覆われ、それを黒と赤の切れで撚った紐でぐるぐる巻きにまかれ、二つの眼の上にはそれぞれ一個の小石を載せて蓋をし、鼻も布で覆ってある。頭の右側に牛の角と羊の乳房の皮で造ったミルク入れが置かれていた。いま一つは「鉄板阿女尸」で日本にも紹介されたことのある例の「楼蘭の美女」である。一九八〇年に出土し、年齢は四五歳前後。身長は生前で一五七センチメートル。血液はO型、皮膚は白褐色で、眼は深く窪み、鼻は高い。栗色の長い美髪。明らかにアーリアン系の白人である。胸脇に羊の皮で造った袋を下げている。絶世の美人と解説文には記されてある。ミイラとはいえ、いったいどんな生き様をした女性なのか。正直のところ、男性としていささか気になって仕方がない。

外に出て四車線の大通りに佇むと、前を三輪の脚踏みリヤカーの荷台に石炭の塊を積んだ若い男性が、左手でハンドルを握り右手で荷台を掴みながら重そうに運んでいた。驚いたのは積んでいる石炭の一塊の大きさ。たった一五、六個積んでいるだけで満杯だ。またウルムチ市のシンボルの彫刻した二頭の石馬が中央に立っているロータリーには、それを囲んで芝やマリーゴールド、鶏頭、カンナ、向日葵、ペチュニア、バラ、百日草などが植えられ、設置されている自動噴水装置が、くるくると回転をくりかえすごとに空に小さな虹が架かっていた。それは自然はもともと緑だと考えている日本人に、文化の在り様を知らせるシグナルのようだった。

ウルムチ市は第二次大戦後人口が急増しその六〇パーセントは開拓で来た漢族だが、トルファンと同じく少数民族の宗教は、殆どイスラム教である。最も多いウイグル族や回族はむろん、カザフ、キルギス、モンゴル、ウズベクなど少数民族に至るすべてがムスリムである。河西走廊を越えた現在の西域、新疆ウイグル自治区には、かつてあれほどいた仏教徒は、モンゴル族にラマ教が部分的に残っているだけである。ただこの北部新疆地区、なかでも都市であるウルムチ、伊犁、塔城、アルタイ地域には、いまもなおキリスト教徒が居住し教会もある。ただしキリスト教とはいえ、かれらは少数のカトリック信者以外、大半がロシア正教に属しているロシア族で、人口約一万四〇〇〇。専門的知識の所有者が多く、医師や工場技術者、手工業関係に従事しているということである。

二二時〇〇分。とはいうものの北京の標準時間とは二時間の差があるので、この地では実は午後八時である。夜のバザール見学へ出かけてみる。外はもう黒い帳《とばり》が降りていて、ホテルの前の北の飛行場へ通じる北京南路の並木は、左がトネリコと槐の樹で、右が楡と松の樹であるが、その違いさえ行き交う車のライトを浴びて、判明するほどの暗がりとなっている。歩道へ出た途端に、哈密瓜を山のように積んだ青いトラックが停車していて、しきりに二人の男が売り捌く最中である。北京南路をまたぐ陸橋を上ると、街灯の下、左側の地面に玩具や裁縫道具などを並べた夜店がひしめいている。下の広場の北京路商場一帯は、商店の灯と臨時設置の街灯とが、まるで花に集う蝶を誘惑するかのように光燦めいていて、さんざめくひとびとの声が渦となって舞い上がる。ここでの日常食のナンを焼く店の前には、焼きたての野球のグローブほどの大きさのが並べられて食欲を再びそそり、急ごしらえの屋台には、羊の肉を串に刺した色とりどりのシシカバブーが人待ち顔で、テーブルの上の幾つもの大丼を幾人もの客がとり巻き盛んに話が飛びかっている。ぶつかりそうになった傍らのリヤカーの葡萄や林檎、杏、桃は、近辺で採れた果物か。さらに「ジュンガル集貿市場」とライトの点滅する大通りには、これまた何十もの夜店が列をなしていて大変な賑わいである。見ると路上に、ひとりの若い男がジュースの空き缶を一〇〇余個も四角に配列させ、手に輪を提げて客を呼んでいる。煙草を賞品とする輪投げ屋だった。そういえば、イスラムの服装をした女性の姿は余り見掛けない。やはり夜の出歩きは戒律に反するのだろうか。夜の更けるのも忘れてウルムチのバザールはいつまでもはしゃいでいた。

Ⅱ

銀山磧と博斯騰湖《バグラシクリ》

朝、八時五〇分。ウルムチの人民広場横の東風路にある三三階建のホテル海徳酒店を出発。今晩は天山南路のコルラ（庫尓勒）で宿泊だ。先ず達坂城《ダーバンチョン》で再び天山山脈を越え、トルファン市の西、トクソン県から天山南路を四六〇キロメートル、七時間三〇分疾走し続けなくてはならない。まだまだ息を抜けない。烏吐公路《ウートウ》から左手に烏拉泊《ウラボー》ダムを眺めながら南行し、塩湖の手前で三一二号線に入り、小草湖道班で初めて高速道路三一四号線に滑り込んだ。左前方遥か彼方火焔山山脈が、今日も例のごとく横顔を見せている。すでにトクソン県内である。トクソンとは「曲がりまがった路」というウイグル語である。麹氏高昌国時代に篤進県が設けられ、唐代に天山県となり、一九二〇年に托克遜《トクソン》県となり現在は人口一〇万。民族はウイグル、漢、回族が居住している。古代からシルクロードの高昌（トルファン）から焉耆（カラシャル）へ赴く銀山道の要衝。玄奘も高昌国王からもらった多大の旅費と三〇頭の馬と道中の国々の国王宛ての二四通の紹介状を携えて、この道を通過したのである。

道路の縁に羊肉を串刺しにしたシシカバブーを象った柱が立っていて、それに「真酒白糧液」と白い文字が見える。名酒の宣伝のようだが、それが後へ過ぎ去ると、右左に洋風の建物が出現する。赤十字のマークを入口に付けた三階建の病院に、ガソリンスタンド、どうやらテレビのアンテナか、三角錐の高い鉄骨が。トクソンの町の中心部らしい。だが、周囲は広漠とした草木一本も生えていない砂漠とゴビ灘の原野に景色は一変する。白いヘルメットを被り、赤に黄色のベストを着た道路工夫たちが、しきりにアスファルトを流して補修していた。西と東から遥か低い砂と岩石だらけの山脈が押し寄せて来たが、ついに行く先を阻むそそり立つ断崖群となった。天山山脈の支脈の阿拉溝《アラーゴウ》山地と覚羅塔格《チュエルオターゴー》山地だ。道はその二つの山地の峡谷を縫っている。明らかにその名のとおり銀白の色合いを輝かせる砂粒に、黒褐色の岩石である。銀山磧である。南北幅約二〇〇キロメートル、東西長さ約四〇〇キロメートル。海抜一五〇〇メートル。車はつづら折りのごとくその峡谷を、今度はコマネズミみたいに突き進む。傍らにはミミズのようにひとすじの小川とも言えない水が流れ、ところどころに駱駝草がほそぼそと生き長らえているが、各処に洪水で削られた痕跡が荒々しく感知され、どこを見ても周りは断崖で取り囲まれていて一向に切れ目がない。袋の鼠とはこのような状態か。逃れようと足を岩場にかけたとしても、かけた途端に真っ逆様に谷間に墜落だ。人家はおろか獣も鳥もまったく見かけない。長いながい峡谷である。経過時間は約一時間。やっと両側に小さな丘が連綿とし道は下りとなり、銀山磧の西、南北の山に挟まれたウイグル語で「銀」を意味する庫米什《クミシ》の集落に到着する。

この集落の近くに泉があるために古来交通の要所であり、食堂や小さな宿屋も見受けられ、唐代には駅の客舎もあった地点である。この土地は東が広く西が狭いため東北の風が西へ向かって吹く時には、猛烈な速さで唸りを上げながら吹きすさぶ。詩人岑參に「銀山磧の西館にて」という次の七言古詩がある。天宝九載（七五〇）の作である。

銀山峡口　風　箭《や》に似たり、
鉄門関の西　月　練《ねりぎぬ》のごとし。
雙雙《そうそう》たる愁涙《しゅうるい》　馬毛を沾《うるお》し、
颯颯《さつさつ》たる胡沙《こさ》　人面に迸《ほとばし》る。
丈夫《じょうふ》三十　未《いま》だ富貴《ふうき》ならざるに、
安《いずく》んぞ能《よ》く終日筆硯《ひっけん》を守らんや。

（一九八一年八月　上海古籍出版社刊『岑參集校注』七九頁）

銀山磧の出口は矢のような突風で、
鉄門関の西の月は、白練《しろぎぬ》みたいだ。
溢れ出る愁《うれ》いの涙は馬毛を潤おし、
胡沙は猛烈な勢いで顔面をおそう。
男三十歳なのにまだ独立もできぬ、
まして終日、筆硯をも守れようか。

なぜこのささやかなクミシの集落に唐代にも駅の旅館が存在していたのか。首を傾げたがはたと頷いた。トルファンのカレーズのように大規模ではないが、阿拉溝山地の麓の托格臘克《トゴラク》にカレーズが一本掘削されていて、そこから地面の下を水が絶えず流れて来ているのだと。とにかくお腹が空いた。昼食だ。沿道に軒を連ねる食堂の「回民飯庄」と看板のある店の庇に設置されてある粗末なテーブルを前にして腰を下ろし、拌麺《バンミエン》を注文する。

回民とは少数民族である回族のこと。全中国で回族の人口は約八六一万で、少数民族のなかでは壮《チワン》族、満洲族に次ぐ第三位である。そのうち新疆ウイグル自治区に居住している者は、一九九〇年の統計では六八万一五二七人である。中国政府は重点的な少数民族の居住区域については自治政策をとっているため、新疆ウイグル自治区内では、ウルムチ市北部周辺の天池も所属する昌吉《チャンジー》回族自治州や、焉耆《イエンチー》回族自治県、和碩《ホーシュオ》県烏什塔拉《ウーシーターラー》回族民族郷、伊寧《イーニン》市愉翁《ユイウォン》回族民族郷、シャンシャン県東巴扎《バーヂャ》回族民族郷、霍城《フォチョン》県三官《サングワン》回族民族郷、察布査尔錫伯《チャプーチャールシーボー》族自治県米粮泉《ミーリャンチュワン》回族民族郷が散在している。

回族は、回教つまりイスラム教を信仰するひとびとであるが、ウイグル族やカザフ族、ウズベク族、キルギス族などのイスラム教の信者とは異なった少数民族として分類されている。どこが違うかといえば、その源はかなり複雑で唐、宋時代に中国に貿易に来ていたアラビア、ペルシアの商人と、学者や使者ら知識人で、かれらのなかの一部のひとびとが、東南沿海一帯の広州、泉州、揚州や、内陸の長安、開封などの地に定住し、その地の漢族などと結婚したイスラム教信者を総称して回族と呼んでいるのである。だから顔も服装もまったく漢族のひとびとと違いはない。かれらは一八世紀、清朝が新疆討征後、開拓要員として中国全土の回教徒を強制的に新疆地区に移住させた子孫なのである。この「回民飯庄」一家もこのような歴史を背負ったひとびとである。

回民食堂は、四五歳くらいの夫婦に、一五歳前後の娘と五歳くらいの男の子の四人家族で経営している食堂で、みなそれぞれに役割分担が課せられていると見え、父親は奥で料理をこしらえ、母親は食卓の上を拭いたり箸を並べたり、娘は外で洗い物に精を出し、子供は客に団扇を配っては、自分が扇風機代わりにサービスをしはじめた。まもなくほかほかの皿盛りの回民料理がやって来た。拌とは掻き混ぜること、麺とはうどんのこと。茹でたうどんに調味料やピーマン、羊肉、トマト、ササゲなどを混ぜ合わせてつくった料理が拌麺《バンミエン》である。そのまま口にしようとしたら、先ず生のニンニクを食べながら召し上がって下さいと物言いがつく。なぜかと聞くと、食当たりを防ぐためだとのこと。側に置かれたニンニクの皮を剥き、そのまま口に放り込む。いやはや辛いのなんの。そこで一斉に紅いトマトで染まった拌麺を投げ入れた。ところが、まったくえも言えぬ味。腹の芯まで沁み入るような感じ。郷に入らば郷に従えとは、味の世界でも変わらないのだろう。それにしてもニンニクを生のままで喰らうとは、さぞかし周りにはふんぷんたる匂いが立ち昇っているにちがいない。

ふたたび出発。高速道路三一四号線は果てもなく、西、バイングオロンモンゴル自治州北端の和碩県へ防波堤のように峙つ黒い岩石の山脈を越えて真っ直ぐにつづいている。その山脈の県境には、黄水湾《ホワンショエイ》という小さな村落がへばり着く。頂までが托克遜《トクソン》県で、すぐ下の石棉鉱山は和碩県である。下り坂での眺望は、砂丘のない平坦な砂漠地帯がいちめんに広がり、駱駝草が風に吹き飛ばされないようにしがみ着いている。北は山脈が白い雲の下を傾斜し、南の彼方もなだらかな山並み阿勒馬斯塔格《アラマスタグ》山地が途切れることなく西へ走り、その背後には庫魯克塔格《クルクタグ》山脈が頭を擡げている。空は霞のかかったようにぼけていて、一直線に等間隔の電柱が競うようにやはり西を目指して立ち並ぶ。楡樹溝を過ぎ二一二道班から金沙灘にさしかかる。さっき霞のかかったようにぼけていた一帯が開け、紺碧の色を湛えた湖が見えて来た。薄みどりの景色がだんだん濃いみどりに変化して近づいて来る。石油の採油塔の立つ砂漠に草が繁茂しはじめ、湖畔を樹木が鬱蒼と列をなして取り囲む。

この湖は新疆ウイグル自治区最大の内陸性淡水湖、ウイグル語で博斯騰《バグラシクリ》湖、意味は「周りは水ばかり」。またの名をボステンノールともいい、古代には秦海とも西海とも呼称されていた湖である。湖水は海抜一〇四八メートル、湖の面積は爆発的に雪解け水の集中する春はともかく、ほぼ年間約一〇一〇平方キロメートル、琵琶湖の一・五倍である。いつもは天山山脈南麓中部にひろがるインドやアフリカから飛来する白鳥の自然保護区でもあるバインブルグ草原を源とする開都《カイドウ》河（カラシャル河）の終点であるとともに、このタリム盆地の最低地点楼蘭湖すなわちロプノール湖へ注ぐ孔雀河の源流でもある。湖岸や湖西に散在する無数の沼地には、製紙、人造繊維、工芸製品の原料や素材ともなる葦がいちめん生え、国内最大の供給地となっている。湖には大頭魚、マンシュウウオが生息していたが、戦後、鯉、鮒などの淡水魚が放流され養殖漁業の基地でもある。

近づくにつれて、湖の周囲の樹木はポプラの樹で、整然と区画された畑には、向日葵、トウモロコシ、高粱が栽培され、沢にはさざ波が立ち、鴨か水鳥たちがしきりに餌を漁っている。河畔に白い包《パオ》が二つ腰を落ち着けている。穿たれた窓がこちらを眺めている。ここバイングオロンモンゴル自治州は、新疆ウイグル自治区でモンゴル族の最も多く住んでいるところで、居住区はバグラシクリの周辺、和碩、和静《ホーヂン》、焉耆、博湖《ボーフー》の四県にまたがる牧場地帯である。ここのモンゴル族は『元朝秘史』にも記録されているチンギス・ハーンの武将クドゥガ・ベキらの属した衛拉特（オイラート）部族である。オイラート（大集団という意味のモンゴル語）には四つの支族、チョロス、デルベート、ホシュート、トルグートがいるが、この地区に居住しているのは、和碩特《ホシュート》と土尓扈特《トルグート》の二支族である。

それに特に新疆じゅうで年間平均気温八・七度という最も低いバインブルグ草原を抱く和静県は、その豊かな牧草とはげしい寒暖の差とが、歴史的に名高い焉耆馬を産出する素因であり、いまでも名馬を操るかれらの脳裏には、勇敢なるかつてのモンゴルの祖先の面影が彷彿しているにちがいない。ギリシアの『ホーマ』やチベットの『ケサル王伝』、キルギスの『マナス』などと同じく世界の長篇叙事詩に挙げられるモンゴル族の長篇叙事詩『ジャンガル』(Jangrar)には、西は遥か南ヨーロッパよりコーカサス、黒海沿岸、トルコ、シリア、エジプト、紅海、里海など広範な地域の地名が随所に現れて来る。全編二〇数万行、不老不死の国の王ジャンガルとかれを取り巻く一二人の個性豊かな勇者の戦闘を物語る『ジャンガル』は、一二世紀末から一七世紀初頭に至るモンゴル族オイラート部族の英雄叙事詩である。現在でもモンゴル語で

「豊かな泉」という意味のバイングオロンに居住する演唱芸人ジャンガルチたちによって、モンゴル族のあいだに、『ジャンガル』は連綿として語り伝えられている。次は序詩の冒頭。

遥か遠い遠いむかし、
み仏の教えが弘まりはじめ、
多くの神々が起ち現れた頃、
この世にひとりの英雄が出現した。
かれこそはタキズラ・ハーンの後裔、
タンサクベンバ・ハーンの孫、
ウジュアラド・ハーンの子の、
一代の孤児ジャンガルである。

（一九九三年三月　新疆人民出版社刊　黒勒、丁師浩　漢訳『江格尓』（第一冊）一頁）

はやくも清水河《チンシュイ》牧場の側のポプラの並木道、木陰には馬車に哈密瓜や西瓜を積んだ市が開かれ、掘割には素っ裸の男の子たちが喚声上げて遊び戯れている。洋風の二階、三階の建物が疎らの和碩の町並みを通過。博斯騰湖《バグラシクリ》の湖畔は大小の沼沢が入り交じり、水草が繁茂し馬が放牧されている。道は和静県境に脚を踏み入れたと思ったら、直ぐに今度は焉耆回族自治県だ。漢代の焉耆《えんぎ》国、『大唐西域記』に

「東西六百余里、南北四百余里。大都城は周囲六、七里、この国は四方を山に囲まれ、道路は極めて険しく防御し易い。渓谷の泉や河の流れが複雑に交叉し合い、水を引いて田畑を灌漑している。土質は粳黍《うるちきび》、黍、小麦、棗、葡萄、梨、林檎などの穀物や果物の栽培に適している。四季の気候は温和で心地好く、住民の気風はおっとりとしていて質素である」と記載されている阿耆尼国《あぎに》（アールシイ）である。現代ウイグル語の「カラシャル」（黒い城）地区で、当時の都城は現在の焉耆から西南方の前漢時代からの焉耆国の王都員渠城《シャフリ》（現在の四十里城子）だったと考えられている。この旧王都の西北二〇キロに著名な仏教遺跡夏熱采開《シァロサュック》がある。この焉耆国は玄奘が去った数年後、西突厥の支配となり、貞観一八年（六四四）、命を受けたトルファンの安西都護郭孝恪《かくこうかく》は、三〇〇〇騎の部隊を指揮し、銀山道を経て夜間、焉耆を包囲し湖上から突入し占拠した。やがて幾多の変遷はあるものの、唐朝は西域に安西四鎮、亀茲（庫車）、于闐、疏勒（カシュガル）、焉耆の各都督府を設置し、焉耆は亀茲に移転した安西都護府の管轄下となった。唐の詩人岑參が訪れ、五言律詩「早《あした》に焉耆を発し終南の別業を懐《おも》ふ」を吟じた天宝九載（七五〇）秋の焉耆城も同じく四十里城子だった。現在人口一一万の県の中心都市カラシャル（焉耆）は、タリム河に次いで新疆第二の河である開都河の両岸に、清代乾隆二三年（一七五八）築城された周囲約三キロほどの小さな町であったという。

編み上げた葦のアンペラが幾つも立て掛けてある仕事場を過ぎ、への字型の六階建のビルの「タリム河南石油廳」が過ぎると、前方に長い白い橋の欄干が見えて来た。まんまんと水を湛えて銀色に輝く開都河が流れる箇所である。堤防らしきものは沿岸には見当たらない。現代詩人聞捷は一九五二年九月、この地に来て次の詩「道案内」を記している。

カラシャルの城市《まち》をあとにして、
開都河《カイドウ》の対岸にやって来た、
道案内はぼくらを引き連れ、
バインブルグ草原をすすんでゆく。

ぼくらの道案内はすばらしいわかもの、
かれは一八歳になったばかりのモンゴルのわかもの、
ぼくらは轡《くつわ》を並べてゆっくりとゆく
たがいのこころの底をさらけ出して語り合う――

かれは開都河《カイドウ》のほとりで成長しているから、
バインブルグ草原をこころから愛している、
それにかれは白い羊の群れが大好き、
だが、なによりも羊飼いの少女のウーランが好きだ。

（後略）

（一九五六年九月　作家出版社刊『天山牧歌』　五頁）

上流は両岸を群がるポプラの林に遮られ、くねくねと曲がりまがって白雲のなかに消え、下流はこれまたポプラの叢林を潜って行く先は博斯騰湖《バグラシクリ》だが、橋の上からは見届けることはできかねる。次第に高速道路三一四号線は、沼沢地を抜けてふたたびゴビ灘にさしかかり、視界に黒い煙を吐く煙突の立つ製塩工場が、幾つも現れては去って行き、鉄道線路が交叉する。トルファンからウルムチへ行く蘭新鉄道と分岐した南疆鉄道である。急に道の傾斜が高くなり山岳地帯になる。むろん樹木も草も生えていない骸骨みたいな山地。後を振り向くと、山間から砂漠の遠い彼方白雲の下、緑のオアシスが霞むように佇んでいた。この山は霍拉《フォラー》山地。いずれも県や市の境は例に漏れず、かならず険しい山脈か広漠たる砂漠や大きな河川。庫尓勒《コルラ》市に到着。

庫尓勒《コルラ》と鉄門関

ホテルは人民路のバインブルグオロン賓館、部屋は一一階。コルラとは「見回す」というウイグル語。最上階に展望室もあるホテルの窓から見回すと、ホテルの南は街路を一つ隔てて孔雀河に面しており、河の彼方にも市街は拡がっていて、この辺りはバインブルグオロンモンゴル自治州の中心都市コルラの西部地区である。東は砂漠。北は越えて来た霍拉山《フォラー》の低い山脈。縦横を貫く道路の左右には、古い家屋を壊し新たに大小の工場や住宅を続々と建設中である。人口は三一万。かつては漢代に渠犁《きょり》国、後漢時代には隣の焉耆《えんぎ》国をも併呑した国家だった。

いまはウイグル族、漢族、回族の居住区である。荷物を部屋に置き、博斯騰湖《バグラシクリ》からコルラに流れ来て、コルラから孔雀が羽根を広げるようにタクラマカン砂漠の地下に姿を消してしまう孔雀河の上流をまたも車で遡る。目的は鉄門関。

焉耆より亀茲（庫車）へ至る古代の焉耆亀茲道は、現在の焉耆回族自治県の西境の古城遺址四十里城子から七個星、千間房までは国道三一四号線だが、それからはまったく孔雀河の流れに沿い、西の塔什店《ターシーティエン》を経、狭い峡谷を直角に南下し、さらに東へ九〇度曲折し鉄門関（現在の哈満溝《ハーマンゴウ》）に至っていた。鉄門関からは、その時代の戦乱や氾濫によって三とおりの行き方があったというが、本線はいまのコルラ市の西北から庫車へ通じる三一四号線であり、あとの二本はコルラ市から西へ折れ南下し、孔雀河の右岸を西へ向かうのと、さらにタリム河沿いに大回りして西北の庫車故城へ至る道である。

坂道を孔雀河沿いに遡る。河幅はそれほど広くはない。二、三〇メートルほどと見受けられるが、河岸は背の低い紅柳《ぎょりゅう》がところどころに茂り、河のなかは葦が生え、走れば走るほど、流れは勢いを増して来る。「鉄門関水力発電所」と金文字で標示されたコンクリート製の牌楼まで来ると、降りて来る流れは急に直角に橋を潜り、左の狭い峡谷から駿馬の如く白い飛沫をあげながら駆け下っていた。牌楼の傍らの垂れる柳の前に「鉄門関遺址」という碑が建てられ、その裏面に赤い文字で次のように記されていた。
「鉄門関（晋～清代）、山を襟とし河を帯とし、路も険しく岩もけわし、古代の絲綢之路《シルクロード》を軛《やく》す要衝なり。驚《はや》き濤《なみ》は岸を拍《たた》き、晋の隘《あい》・唐の関《かん》、南北疆の交通を鎖《とざ》す孔道にして、歴来《こらい》、兵家に重んぜられ、文人は称絶せり。……」

碑の左手には二層の華やかな楼閣が建っていて「将軍楼」という額が懸かっている。橋を渡らずに、河筋に沿った左の小路を上る。左手は黒い肌をした岩壁で、河幅はさらに狭まって行く。両岸はポプラの樹や背の低い柳が列をなしている。岩壁が削られ黒御影石が嵌められていて、「鉄門関詩一首」（趙振明）、「鉄門関に題す」（孫鋼）、「庚午の春日、鉄門関を咏ず」（劉肖蕪）、「鉄門関の西館に宿りて」（岑參）、「鉄門関の西楼にて」（岑參）の五篇の漢詩が刻まれていた。

唐の詩人岑參が焉耆から孔雀河に沿って鉄門関にやって来ていた時期は、第一回の亀茲（庫車）の安西都護府へ赴任していた時期である。それは玄宗の天宝八載（七四九）であり、涼州へ戻ったのは天宝十載（七五一）であるから、ちょうど三年間、安西都護府に滞在していた。ただしその間に、命を受けて北庭都護府の所在する庭州（吉木薩尓《ジムサル》）に赴いたことは、前述した通りである。岑參の鉄門関の二篇の詩は、やはり北庭都護府から安西都護府へ帰任の際の作で天宝九載（七五〇）頃の作と考える。第一回の亀茲の安西都護府へのコースは、陽関から西域南道の七屯城（米蘭《ミーラン》）、石城鎮（若羌《ルオチャン》）を経て、一路、タリム河沿いにタクラマカン砂漠を縦断し尉犁《ウエイリー》から庫尓勒《コルラ》への現在の国道二一八号線の道程をとり、鉄門関を経ないで亀茲故城へ赴いているためである。次に岑參の五言の古詩一篇を挙げてみよう。岩壁には「鉄門関の西楼にて」とあるが、「鉄門関の楼に題す」が正確。

鉄関《てっかん》　天の西の涯、
目を極むれど行客少《こうかくまれ》なり。
関門の一小吏、
終日　石壁に対す。
橋は千仞《せんじん》に跨がりて危うく、
路は両崖を盤《めぐ》りて窄《せま》し。
試みに西楼に登りて望めば、
一望頭《こうべ》白からんと欲す。

（一九八一年八月上海古籍出版社刊『岑參集校注』八〇頁）

ここ鉄門関は天の遥か西の涯だ、
いくら見回せど旅人はなかなかいない。
そのためか関所を守る役人は、
一日中ひたすら石の壁と対《むか》いあっている。
千仞の峡谷に架かる橋も危ないし、
彼我《ひが》の断崖を巡る路幅も窮屈過ぎる。

それではと西楼に登って眺めたが、
頭を上げた途端にすっかり白髪《しらが》とは。

しばらく脚を運ぶと峡谷に、厳然と西安で登ったような壮大な城楼が突っ立っていた。城壁は青煉瓦を積み重ね、その上に紅い瓦葺きの二層の楼閣が、霧にけぶる山並みを背景に聳えていた。人がひとり城門を潜っているが、門の高さはその人の背丈の四倍はある。円い城門の額《ひたい》の文字「鐵門關」は旧体字である。

たぶん近ごろ竣工したものに違いない。玄奘や岑參らの頃にも、このような華麗な風貌を鉄門関はしていたのだろうか。もっと西域の鄙びた色に溶け入っていたはずだと思えてならなかった。

タリム盆地と開拓

翌朝、九時〇〇分。孔雀河の三角州コルラを出発。西の庫車へふたたび国道三一四号線を辿る。途中輪南《ルンナン》に寄り道をするが、庫車まで二八〇キロメートル。所要時間五時間。いよいよ本格的に北は天山山脈、南は崑崙《こんろん》山脈、西はパミール高原の険しい山岳に囲まれたタクラマカン砂漠に脚を踏み入れる懐いだ。総面積約三二万四〇〇〇平方キロメートル。年間月平均最高気温三七度、最低気温零下二一・一度。年間月最大降雨量二〇ミリメートル、最少降雨量〇ミリメートル。これは一九八六年十一月から八七年一〇月までのデータだが、周囲が海の島国に住む日本人には、想像を絶する世界である。ましてこの水という水をすべて吸い取ってしまう巨大砂漠が、実は古代の氷河期末期の巨大な内陸湖だったのであり、それがタリム盆地の実態だったという訳である。

道路に沿って南疆鉄道の線路も敷設されていて、時折、赤い機関車が五、六輛の貨物車を後にくっつけ、黒いゴビ灘に覆われている大地を、ゆったりと通過して行くのが見える。もはや孔雀が尾羽を広げたような掘割は消え去って、眼にとまるものといえば、砂だらけの大地に這いつくばう駱駝草ばかり。白雲で覆われていた空が急に暗くなる。空だけでない、地面も一斉に暗黒となる。大雨だ。でも何分も経たないのに晴れ上がった。降ること自体が偶然な世界。この雨で植物も動物も蘇っただろう。道路の横の窪地に水が溜まって砂地の地盤が各処で崩壊している。道はまたも一直線。広漠とした白砂の延々とつづく砂漠。却勒庫木《チュエロークームー》砂丘だ。コルラ市と輪台県に跨がる原野。この砂丘の彼方に、春の雪解け期ともなれば地底から頭を擡げる巨大な恐竜タリム河が棲息しているはず。視線をどこに定めても空と砂漠と一本の道。この辺りでモンゴル族の現代詩人牛漢《ニウハン》（一九二三～　）は発想したのだろう。二三四行もある長篇詩「山河を渡り行く雄鷹」の末尾には「一九八六年九月、コルラにて」と付記されている。

灰色の
見渡すかぎり果てのない荒涼とした砂漠には
四、五年も、八、九年も
雷もなければ
稲妻もなく
天と地の間に立ち籠めているのは土埃ばかり
それは沈黙と混沌の時間であり
それは沈黙と混沌の空間でもある
外形はとても湿り気のある霧のようだが
それはカッと熱くてカラカラに渇いていて
一滴の水とて絞り出すことはできない
それは生霊を窒息させる逃れる術《すべ》のない悪夢なのである（以下略）
（一九八九年十二月　青海人民出版社刊『牛漢抒情詩選』二六五頁）

タリムとはウイグル語で「手綱を放れた馬」。この河の水源はタクラマカン砂漠の西の果てパキスタンとの国境、崑崙山脈の支脈海抜八六一一メートルの喬戈里《チョゴリ》峰の屹立するカラコラム山地であり、それから葉尓羌《ヤルカンド》河などありとある河の名を合わせ呑み、タリム盆地を東へ東へと這いずり回り、天山南路の東、ロプノールの近くの若羌まで全長二三〇〇キロメートル。中国で最も長い内陸河である。ただし春の雪解け期以外は、この河の正体はだれにも把めない。

やっとコルクアイシマイを過ぎる。輪台県に踏み込んだのだ。疎らだが駱駝草が顔をのぞかせ出した。むろんこれといった集落もない。道路の両側の窪みが腰の曲がった老人みたいにいちめんひどく罅割れている。さっきまで水が流れていた証拠。きっといま降った雨の仕業だ。砂漠のなかに幾つも窪みが出来ていて、みどりの葦が生い茂り、その合間からキラキラと輝くものがある。水溜まり。地点は野雲溝《イエユィンゴウ》。周りを見渡すと、小さな砂丘のつづく大地は黄の地色に緑の縞模様の着物を羽織って若返ったようだ。背の低い紅柳《ぎょりゅう》の林が七曲がりの道のように列をなしている。そのあいだは凹んで小川が流れている。どうも遥か天山山脈の支脈霍拉山地の南麓から潜流して来るアイシマイ河の切れたトカゲの尻尾らしい。狭い区劃だが、広大な大地の痒いところを掻いたように、耕地が点在しはじめた。新たに入植した開拓地か。

新疆ウイグル自治区に、中国政府が開拓の目的で入植者を送り込みはじめたのは、一九四九年一〇月の中華人民共和国の成立からである。それにさらに追い討ちをかけたのが、一九六六年よりの文革であった。犯罪者改造と西部開発というスローガンで、生産建設兵団は中国各地から徴集した労働改造犯罪者一〇万二三七三人に、新疆地区にもともと居た二万八五六名の犯罪者をあわせ合計一二万三二二九人を送り込んだ。階級的な反革命分子はもとより、思想的に右派分子と烙印を捺された詩人、作家、学者たちも同様であった。西域に限れば、詩人では一一年間もウルムチの西、ジャンガル盆地に位置する石河子の新疆軍区生産建設兵団農八師で強制労働に服していた艾青《アイチン》を筆頭に聞捷《ウエンヂエ》、昌耀《チャンヤオ》、楊牧《ヤンムー》、周濤《ヂョウタオ》、章徳益《ヂャンドーイー》、林染《リンラン》などがおり、作家には王蒙《ワンモン》、張賢亮《ヂャンシェンリャン》たちがいた。周濤は詩「辺城」で、自らのこころの懐いを、次のように述べている。

一年のうちで、半年が厳しい冬の寒さで、
霜の樹々に氷の花びらが他ならず辺境の風景なのだ。
人間、三人おれば、一人は犯罪者かも知れない、
荒涼たる西域は気骨ある野性的な霊魂を受け入れるだけ。

ここにはただ残忍な運命で無期懲役を言い渡された
疲れきった駱駝みたいな一群のかれらがいるばかり。
揚子江《ヤンツーヂャン》の南の故郷よ、どっちみち希望はないんだから、
歯を噛みしめ雪嶺の下に閉じ籠って根を生やすのだ。

（一九九二年九月　青海人民出版社刊　余斌著『中国西部文学縦観』五九頁）

記録では、この孔雀河の地区、アクス河の三角州に新疆農業開墾兵団がやって来たのは、一九五六年夏から五七年冬で、かれらは砂漠に数知れない掘割とダムを建設し、タリム河に大きな橋を架け、幾一〇〇万ヘクタールもの荒涼とした原野を開拓したという。

もともと歴史的に見れば、西域へ赴く移民は、水の低きに流れる南方移民とは異なって、高きに登るタイプなのである。どれもこれもが重い荷物を自分で背負い、涙に濡れてとぼとぼと歩きつづける流謫《るたく》の人物か兵卒か、名もなき民たちであった。すこし前の清代でも、罪を得て新疆地区に流された祁韵士《きいんし》、洪亮吉、馮玉衡《ふうぎょくこう》、林則徐らすべてそうだった。かりに林則徐を挙げてみれば、道光一九年（一八三九）四月、英国、米国から密輸されて来る麻薬アヘンを珠江河口で、欽差大臣林則徐の命令によって二万二八三箱を押収し、それをすべて処分した。内訳は最も多いのが英国のジャーディン・マルセス商会の七〇〇〇箱、次も英国のデント商会の一七〇〇箱、第三位が米国のラッセル商会の一五四〇箱だった。だが暴利の策を絶たれた英国議会は報復手段として直ちに翌一八四〇年四月、下院が七日に上院が十一日に中国遠征軍の派遣を議決し、アヘン戦争の火蓋を切ったのである。動員した軍艦四六隻、輸送船約一〇〇隻、武装汽船一四隻、陸軍兵士約一万五〇〇〇人。戦いの揚げ句の南京条約（一八四二・八・二九）で、中国は香港を奪われ、処分したアヘンの賠償金を含めて支払った額は二一〇〇万ドル。その上に広州、アモイ、福州、寧波、上海を開港させられ、林則徐は即時解任され、はるか中国の最西北、新疆伊犁へ流謫された。だが、かれは伊犁将軍布彦泰《ふげんたい》の勧めで、自ら焉耆、輪台、アクス、烏什《ウーシー》、和田《ホータン》、カシュガル、ヤルカンドなどに赴き新疆地区の開拓に貢献したのである。このようなひとびとの犠牲の上にこの西域は発展しつづけているのを、旅する異国人も忘れてはなるまい。輪台県は人口八万三九〇〇で、ウイグル、漢、回族が多く住み、いまでは小麦、トウモロコシ、水稲、棉花が穫れ、牛や羊やロバが放牧されているとのことだが、それらのひとびとの血と涙の成果なのである。

輪台県の中心都市、輪台目近の陽霧河《ヤンムー》を越え、吐孜魯克《トゥヅールーコー》で停車。道路に面して葦で編んだ筵で覆った露店が四、五軒並んでいた。売っているのは西瓜に哈密瓜ばかり。哈密瓜で一番美味しいのは紅心脆《ダーランカコウチ》という種類だが、喉が渇いていてはそんなことは考える余裕はない。ひたすら立ったままかぶりつく。外で子供たちの声がするので出て見ると、一頭の黒牛の手綱を持った老農夫を囲んで、赤い服の女の子を含む七、八歳くらいの四人の子供が、低い紅柳のいちめん生えた水のない小川のなかへ立ち去りかけていた。露店といい、牛と子供といい、視野には入らないがこの周辺地区には、家族をもつ入植者たちが日々の暮らしをしているということなのだ。子供たちの後姿を追って、ふと小川の崖を眺めたところ、なんと意外や、そこに白百合の花が一輪咲いているではないか。いやはやタクラマカン砂漠の真っ直中で。手折るなどできるはずがない。

輪台の町並みが見えて来た。洋風というよりもコンクリート建の箱という方が的確なビルが、砂漠のなかにばら撒かれている感じ。車は市街に入らずに三一四号線をはずれて左、タリム盆地の中央部目掛けてカーブを切る。記憶では、漢代の宣帝の神爵二年（BC六〇）、烏壘城《うるい》に設置した西域都護府は、ここ輪台県東策大雅《ツォダーヤー》一帯だというが、それに輪台県の西南の拉伊付《ラーイー》近には、唐代の屯田いわゆる開拓地区が設けられ、高さ二〇メートルもある砦の廃墟が原野に一本突っ立っているとあったが、どうも近眼だからか掴まらない。喀拉塔勒《コーラータ－ロ》河を渡り、網膜に写るのは、荒涼とした砂漠に林立する煙突と石油採油塔と石油備蓄タンク群を背景に、黒御影石の碑の上に五本のポールででんと掲げられている巨大な「S」の字。それに側のアーチの赤で書かれた「塔里木《タリム》砂漠公路」という横断幕。輪台から約二五キロの距離である。まっすぐ走れば、先の新疆農業開拓兵団が架けたという「タリム河大橋」を渡り、西域南道の要衝の民豊《ミンフォン》で、周りはただ駱駝草が点々と繁茂しているだけの土地。ところがここ輪南《ルエンチン》は、いまや中国じゅうが注目しているだけでない。世界じゅうの国々が、特に世界の石油大企業が目玉も飛び出るほどに凝視している大地である。むろん目的はこの地下に眠る資源である。石油のみでない。天然ガスも輪南一帯で噴き出ていて、これより南のタクラマカン砂漠のど真ん中の塔中《ターチョン》から出る石油と天然ガスはここ輪南で集められ、総延長四二〇〇キロ、日本列島よりも長いパイプラインで上海まで輸送する国家プロジェクト「西気東輸」が、突貫工事で進められているのである。

　ぐるりと右回して別の道を引き返す。植えてまもない二メートルくらいのポプラの樹林のある沿道の道標には「拉依蘇《ラーイースー》」と記されている。やっと三一四号線に合流し、南疆鉄道の線路にまた会えたが、限りない砂漠。そして八台《バータイ》農場。すでに庫車県だ。なぜかいちめんに砂漠が凹んで赤い水が流れている。地図には名前ももたない河を表す青いミミズみたいな微かな線が横切っているから、そのミミズに当たる箇所だろう。右手彼方に次々と崩れかかった土塁の跡が現れる。高さ三メートルもあるのが一つ、さらに二、三メートルのが並んで二つ、つづいてまた同じ高さのが抱き合うように二つ。周囲の地面は黒い色の砂漠なのに、それらの土塁だけが赤みがかったベージュ色。他の土地から持って来て造った古代の砦の址にちがいない。鬱蒼とした喬木の林に饅頭柳の並木道の後、急に視界が開け微かな水の流れる大河を幾つも渡る。すべて庫車河の支流である。先ずは左右に高い望楼のあるイスラム寺院の出迎えで、やっと小雨のなかを古の亀茲、現在の庫車県天山路のホテル亀茲賓館に到着。一四時〇〇分。コルラから二八〇キロ、所要時間は五時間だった。

庫車《クチャ》にて

庫車県は天山山脈の中部の南麓で、タリム盆地の北の縁に当たる。人口は三六万で、行政上は阿克蘇《アクス》地区に属し、ウイグル、漢、回族が主として居住している。庫車は古代からシルクロードの天山南路の要衝で、本来、亀茲、屈支、鳩茲などという文字があてられ、国境は東は輪台より西は巴楚県の東七〇キロ付近、北は天山、南はタリム河を越え、庫車、沙雅、新和、拝城の四県と輪台の西部、巴楚県の東北部であった。前漢時代の亀茲の中心、延城は現在の庫車県城である。当時ここは西域都護府の管轄下で、国王絳賓《こうひん》は烏孫王に降嫁した解憂《かいゆう》公主に使者を遣わし彼女の妹、史との縁組を宣帝に要請させ、史を妻とし漢の制度の吸収に専念した。一世紀前後、すでに流布していたゾロアスター教（拝火教）に次いで仏教が国教として布教され寺院や石窟が造られた。東晋時代（三八四）に前秦の呂光は亀茲を征伐し帛震《きんしん》を立てて亀茲王とし、隋唐時代には突厥と西突厥の属国となる。唐の太宗貞観二〇年（六四六）、亀茲王訶黎布《かれいふ》失畢《しっひつ》は西突厥に唆されて唐に逆らったために、二二年（六四八）唐の将軍阿史那社尓《あしなしゃじ》の率いる大軍に平定された。唐朝はただちに亀茲に都督府を設置し、その国王を都督とした。同時に西州（トルファン）に置いていた安西都護府を亀茲に移し、亀茲、焉耆、于闐、疏勒《そろく》などの地を管轄した。顕慶三年（六五八）、西突厥を平定後、またも西突厥地区の昆陵、濛池の二都護府に、パミール高原以西の月氏、波斯など一六都督府を増やしたので、伊、西、庭の三州は別に金山都護府を設け直轄。そのため安西都護府に亀茲、于闐、疏勒、砕葉の四鎮が含められた。鎮にはそれぞれ兵力三万人が駐留し、北は西突厥を、西は突厥施、大食を、南は吐蕃の侵攻を防御していたが、唐の徳宗の貞元七年（七九一）に吐蕃に占拠された。九世紀初めに回鶻が吐蕃を駆逐し亀茲を占領、国は滅亡し王統は断絶した。元代はチャガタイ王国が領有し、明代末に葉尓羌《ヤルカンド》王国の統治に帰した。乾隆二三年（一七五八）、清朝に隷属。一九一三年、初めて庫車に県が設置されたのである。

一五時三〇分。小雨のなかキラキラ光る庫車の町を西へ駆ける。庫車付近には多くの石窟が散在する。西南のクムトラ千仏洞に、西北のクズルガハ千仏洞、東北の森木塞姆《センムーサイムー》千仏洞、そして拝城県のキジル千仏洞など。とにかくそのなかでも最大のキジルは参観しておかなくてはと西北へ舵をきる。約一八キロの地点の峡谷の東西の断崖に小さな口を開けたクズルガハ千仏洞を眺望しながら、さらに二〇キロ奥のやはり草木一本とてない岩溝の岸辺にそそり立つ烽火台を見上げる。約一三メートルの高さはある。巨大なインド象の足が二本くっついているようだ。

頂きの部分には、いまだに日干し煉瓦とともに挿入した葦の茎が幾本も突き出ている。この烽火台の建造期については漢代。庫車県内に残存する烽火台は、他に波斯坦托格拉《ボスータントオゴーラー》烽火台、伊西《イーシ》塔拉《タラー》烽火台、吐日《トウヂー》烽火台、柯西吐尔《コーシトウルー》烽火台、却勒瓦提《チュエロワティー》烽火台、薩喀古《サーコーグー》烽火台などと林立するが、古代にあって、いざ緊急事態の発生した場合、つぎつぎと燃え上がる炎の壮観さは、推量するにさぞすさまじい情景であったにちがいない。前の二一七号に戻り、六〇キロ先のキジル千仏洞を目指すが、行く手に灰白色の岩肌をした鋭角を連ねる山脈が立ちはだかった。庫車県と拝城県との境である却勒塔格山脈の剣山地区だ。空は真っ青だが山脈の彼方には霧のような白い雲がかかっている。山上で右の小道を車は選ぶ。拜城の町へつづく三〇七号線である。広漠たる砂漠の遥か北の果てにも低いが薄青い山脈が走っている。海抜六六二七メートルの高峰雪蓮峰を抱く天山山脈の中央部に当たるはず。道はさらに西へ、キジルの集落を右に見て、またも九〇度東へ七キロ、道はぐんと狭まりゴビ灘を経、小高い山を越えると下界が開ける。真向かいに黒褐色の越えて来たばかりの剣山が睨み、その眼前をサラサラと河が流れていた。天山山脈の南麓からの木扎尔特《ムザルト》河である。坂を下ると降りた北岸の岩壁の中腹にキジル千仏洞が待っていた。

洞窟は合計二三六窟で現在比較的良い状態で保存されているのは一三五窟。天山山脈の南麓の最大規模の洞窟である。ここに仏教石窟が掘られたのは、三、四世紀の晋代から八世紀の唐代までで、石窟は仏像礼拝用の仏塔窟と、僧侶の修行用の精舎窟に分れている。前者はインド式とは異なるアーチ型の住居用洞穴形式が採用されている。塑像は殆ど破壊されているが、壁画はいまだ五〇〇〇平方メートルにわたって保存され、その主要な題材は仏伝物語、本生譚などである。特に第一七窟、第三二窟、それにウルムチの新疆博物館に展示されている第一七窟と第三八窟、第一一四窟などの仏の本生譚壁画は、世界の他の石窟にはない独特の世界を所有している。長い石段を登り案内されるうちに、とりわけ注目したのは、第一七窟の菱形の枠のなかに描かれた本生譚だった。駱駝のキャラバンのために、釈迦が自分の両手に火を点けて案内するという物語りだが、明らかにインドとギリシヤの両文明が一つに融合するガンダーラ方式が、中国新疆ウイグル自治区にも行われていたのだ。

このキジルの石窟にはいま一つの特色がある。それはこれらの壁画に大量の動物が描かれていること。ライオン、虎、象、狼、野生の羊、蛇、鹿、牛、猿、鳩などである。それらの画法は絢爛ではないが、原初的な人間の生きざまが彷彿していて、眺め出すといつまでも離れられない。なお個人的かも知れないが、第八窟の入口の内側の四人の伎楽天の壁画も、わたしを引き付けて容易に立ち去らせなかった。なぜなら、それはあの唐代の著名な宮廷伎楽、疏勒（カシュガル）、安国（ウズベキスタンのブラハ）、康国（サマルカンド）、天竺（インド）、高昌（トルファン）、西涼（武威）、高麗（朝鮮）、清楽（チベット）、讌楽《えんがく》などの十部伎に加わっている亀茲伎の原型とも思える姿が描かれて、竪箜篌《たてくご》、琵琶、笙《しょう》、横笛、簫、篳篥《ひちりき》、腰鼓や銅鼓などの笛や鼓の音色に、しばし天女が空高く飛んでいると感じたためである。ただ残念なのは、このキジル千仏洞でも多くの石窟にあった得がたい仏像や壁画が、異国の研究者たちに盗掘され国外に持ち出されていて、その跡がぽっかり空洞になっていることである。「第八窟のはドイツの探検隊が、第二七窟のは日本の大谷探検隊の盗掘跡です」と説明する案内人の声は、いつまでも暗闇を漂って立ち去らなかった。

石段の下の広場の中央に、天にそそり立つポプラ林を背景に、高僧鳩摩羅什《くまらじゅう》（Kumarajiva）が腰をかけ右脚を左膝に乗せ瞑想する銅像があった。鳩摩羅什（三四四〜四一三）は、真諦、玄奘とともに中国仏教の三大翻訳家の一人である。かれの銅像が庫車に建立されているのは、むろんかれが庫車（亀茲）の出身だからである。もともと祖先はインドで、父の代に僧となり、パミール高原を越え亀茲に定着、亀茲国王の妹を妻として生まれたのが東晋の建元二年（三四四）である。かれは七歳で出家し九歳で母親とともにカシミールに赴き、仏教学者について小乗仏典を学び、一二歳の時に帰路についたが、途中カシュガル、ヤルカンドで天文学などを研究。帰国後は亀茲王新寺や雀離大寺などに居を定め、大乗仏典やゾロアスター教教義の研究に専念していた。ところが前秦の呂光が亀茲を討伐時、鳩摩羅什の名声を聞き、本拠涼州（武威）に連行したのが契機で、東晋の隆安五年（四〇一）、当時、長安を支配していた後秦の姚興王に国師の礼をもって迎えられた。それより逝去の弘始一五年（四一三）まで、説法と同時に孜々として僧肇、僧叡《えい》、僧略、僧遷、法欽、道恒など八〇〇余人の協力を得て仏典三五部、二九四巻を漢訳した。つまり漢訳仏典は、かれの監訳によって飛躍的な精確さを獲得するに至ったのである。次第に遠ざかる峨々たる岩山の中腹のキジル千仏洞を背後に意識しながら、キジル渓谷を後にし、二〇時三〇分、ホテルに帰還した。

翌朝、九時〇〇分。ホテルの前の紅柳並木の天山路を出て、庫車河の支流銅廠河を北東方向へ遡る。しばらくは路がついていたが、まもなく砂礫ばかりの路なき路となる。カレーズを溢れた水脈の痕跡が縦横に黒い地面についている。走ること四五分、距離にして二三キロ。索莫とした却勒塔格山脈が遥か彼方に現れ、その南麓の西岸に幾つも変容した土壘の群落が拡がっている。車を降りて近寄ると、「蘇巴什《スバシ》佛寺遺址」と記された碑があった。スバシ寺院跡である。水嵩は浅いほぼ二〇〇メートルの河幅を挟んだ東岸にも寺院の廃墟が聳えている。見渡すかぎり肉弾戦の後の飛散した陣地の亡骸みたい。その中でも一際抜きん出ている塔がある。どうもかつての寺院の中央部のようだ。五、六〇メートルの高さだろうか。当然日干し煉瓦の土壘だから足下に気をつけながら、土の階段を登ってみた。北は遠く天山山脈の冠がのぞく却勒塔格山脈の麓から南へ向かって実に見事な大地のスロープ。まるで天女のスカートがひるがえる様である。

このスバシ寺院跡は玄奘の『大唐西域記』に、「荒城の北四〇余キロのところ、山の入りこみに接し一つの河をへだてて二つの伽藍がある。同じく昭古釐《しょうこり》と名づけ、東・西と位置に従って称している。仏像の荘厳はほとんど人工とは思えないほどである」とあり、玄奘も脚を運んだ亀茲の寺院である。また先の鳩摩羅什の修行していた雀離《じゃくり》大寺でもある。東岸の寺院には上流階層の僧侶が居住し、西岸の寺院には下級僧侶と庶民が住んでいた。

佇んでいる寺塔の内室から近年、多数のミイラが発掘されたが、そのすべてが子供を欲しがっていた女性たちだったとの由。またこの寺塔のなかの底部より七世紀頃の木製の仏舎利盒《ぶっしゃりこう》が一九〇三年に発掘された。高さ三一・二センチ、直径三七・三センチ。蓋は屋根形で中には僅かの骨灰が残留していたが、半世紀経て研究者の手によって驚愕すべき絵画が公開された。この仏舎利盒の円筒を取り巻く表面の塗料を剥がしたところ、その下から見たこともない鮮明で生き生きとした天使像と亀茲の音楽舞踏団の公演活動画が出現したのである。

仏舎利盒の屋根型の蓋には、白黒の四つの大きな連珠文があり、そのなかに四人の音楽を演奏する童子が黒・黄・赤で鮮やかに描かれていて、天使像はそのひとりで大きな笛を吹いているのである。これは一九〇六年に、西域南道の若羌の東七五キロの米蘭《ミーラン》廃寺跡で、英国の考古学者オーレル・スタインが発掘した壁画、ヘレニズム風の有翼天使像とおなじくエンゼルである。

音楽舞踏団は合計二一名。ヤクの尾でつくった旄《はた》を身につけた男女二人の踊り子を先頭に、六人の手と手を繋いで踊る男女三組。つづいて踊り棒を手にする男の踊り子。さらに八人の音楽隊。次にまたも踊り棒を持つ男の踊り子、かれをとり巻く三人の子供たちである。六人の踊り子と二人の男の踊り子は、みなそれぞれ頭に布製の仮面をかぶり、身には甲冑のような色彩の舞踏服を着ている。仮面はいろとりどり、厳めしい武士や長い髭の将軍や、耳を立て鼻の曲がった鷹に尖った帽子の人面と袋みたいな冠の老人。二人の踊り棒を持つ男はどちらも猿に似た仮面を被り長い尾を引きずっている。みな上半身はぴったりとした衣装で、腰にスカート、その下に長いズボンを穿き、靴は裸足の子供以外は布の靴。しかもそれぞれが全身眼も醒めるような聯珠紋の花模様を散りばめた図案で覆われている。八人の音楽隊の構成は、前列に二人の子供が大太鼓を担ぎ、それを大人の鼓手が踊りながら叩き、その後に竪箜篌《たてくご》や弓型箜篌や簫や鶏《けい》簍《ろう》鼓《こ》や銅角などを吹き鳴らす者たちである。この情景は玄奘が「屈支国は……管弦伎楽は特に諸国に名高い。衣服は錦や毛織物を用い、髪は短くし頭巾をかぶる」と描いているのと符合する。つまりこの音楽舞踏団の画は、庫車の古代の亀茲国の住民たちの祭を描いたものに相違ない。

鑑定ではこの仏舎利盒は、七世紀の隋代末期から唐代の初期の製造だというが、玄奘が訪れた頃とほぼ合致する。かれの眼にした屈支国の「無遮会《むしゃえ》」の行列も、このようではなかったか、そしてまた民族はウイグル族とはいえ、現在の庫車の収穫時の楽器タンブルやラワープの音色に合わせて踊るマシュラップもその流れではと想像する。保定五年（五六五）二月、突厥の阿《あ》史娜《しな》公主が、北周の武帝の皇后として長安にやって来た時、その随員の一人に亀茲出身の著名音楽家蘇祇婆《スーヂボー》がいた。かれの長安での亀茲音楽理論「五旦七声」の教授と琵琶の名演奏が、その後の中国国内での西域音楽の伝播に顕著な貢献をしたと言われているが、改めて亀茲音楽の偉大さを思い知らされた。しかし、この仏舎利盒も日本の大谷探検隊によって持ち出され、現在、東京の国立博物館に収蔵されているという事実に、わたしの胸は、あたかもひとり鳥葬に遭うかのように、またもヒリヒリと姿なき鳥に啄まれる。

ところで、唐代の亀茲王国の城鎮遺址は、かつて高昌（トルファン）にあった安西都護府が移転した場所である。当時は伊邏盧《いらろ》城と呼称していた後の皮朗《ピーラン》旧城である。スバシ寺院跡から二四キロ、時間で五〇分。宿泊している亀茲賓館の前を素通りし、国道三一四号線の旧市街の入口付近に着く。ガソリンスタンドに車を停め、きょろきょろと見回すと、南側のポプラ林の下に四角の「亀茲故城遺址」の碑があった。残っているのは、約七キロの城を囲んでいた城壁の廃墟だけ。まことに寒々とした光景だ。ただ傍らに黄色く熟れた実を枝もたわわにつけている砂棗をみつけて一息吐く。ここは唐の詩人岑參が、天宝八載（七四九）初めから十載三月までの三年間、唐に敵対する西域の石国（タシュケント）、大食国（アラビア）などの大軍を、またも壊滅しようと息巻く安西節度使高仙芝の書記として赴任した土地である。岑參の五言古詩「安西の館中にて長安を思ふ」は亀茲城での作である。

家は日の出《い》づる処《ところ》に在り、　朝来　東風を喜ぶ。
風は帝郷《ていきょう》より来たり、　家信の通ぜしに異ならず。
絶域　地　尽きんとし、　孤城　天遂に窮《きは》まらん。
彌年《びねん》　ただ馬を走らせ、　終日　飄蓬《ひょうぼう》にしたがふ。
寂莫《せきばく》　意を得ざるも、　辛勤《しんきん》するは方《まさ》に公《おおやけ》に在り。
胡塵　古塞《こさい》に浄《きよ》く、　兵気　辺空に屯《たむろ》す。
郷路　天外に眇《かす》かなり、　帰期　夢中の如し。
遥かに長房《ちょうぼう》の術に憑《よ》りて、　為《ため》に天山の東を縮《ちぢ》めよ。

（一九八一年八月　上海古籍出版社刊『岑參集校注』八四頁）

わが家は太陽の昇る辺りにあるので、早朝より嬉しいことに東風が吹いて来た。

どこからかといえば都長安からだ、まちに待つわが家からの手紙と変わらない。
この地は大地の果てるところ、この孤城は天空のもはや極まる最涯《さいはて》の地なのだ。
この一年、孜々《しし》と公務に励み、終日、風に吹き転げる蓬《よもぎ》のように馬を走らせた。
心寂しくどうにもやりきれないが、苦労するのは私事《わたくしごと》でないために他ならない。
異民族の動きはもう古城周辺にはないが、戦雲はなお地平線に立ち籠《こ》めている。
故郷への路は遥か空のかなた、帰る日はいつか夢の中のように思えてならない。
もし適《かな》えられるなら、昔の仙人費長房《ひちょうぼう》の術で、天山の東を縮小できないものか。

幸か不幸か岑參は念願どおりに、高仙芝の河西節度使赴任とともに涼州（武威）に移るが、その情報をキャッチしたか、途端に石国、大食国などの西域連合軍は攻撃を開始した。高仙芝は三万の部隊をもってパミール高原を越え、怛邏斯《タラス》まで遠征したものの遂に完敗し、ほうほうの体で逃げ帰ったのである。涼州に逗留していた岑參は、もはや期待の地位も得られなかったが、無事この詩中の「天山の東を縮め」て長安に帰還したのであった。それはそれとして、唐代で辺塞詩人と称された者は、駱賓王《らくひんおう》、王之渙、王維、高適、岑參、王昌齢、李益など幾人かいるが、玉門関以西の西域に脚を踏み入れた者は、温宿への駱賓王、砕葉《スイアブ》へ赴いた王昌齢とかれ岑參だけである。

ところで、庫車県庁は前述した林基路《リンヂールー》が勤務していた所である。ウルムチ市の南郊の燕尓窩《イエンルーウオ》路に烈士陵園という墓地があるが、林基路の墓はその墓地にある。かれは日中戦争前、日本に留学し詩人蒲風《プーフォン》らとともに、文芸雑誌『東流』などを発行していた人物で、本名を林為梁といった。抗日戦開始と同時に帰国、一九三八年二月、新疆学院教務長として赴任。やがて阿克蘇教育局局長、庫車県県長、烏什県県長となり鋭意に活躍していたが、当時の国民党新疆地区権力者盛世才によって陳潭秋、毛沢民らとともに逮捕されウルムチ刑務所に送られ、一九四三年九月二七日、極秘のうちに獄中で殺害された。行年二七歳であった。かれは獄中で「囚徒のうた」という詩を書き残していた。前半部のみを挙げてみよう。

わたしは涙に咽《むせ》びながら民族の歴史を紐解いている。
いつの時代でも、いつの王朝でも、
いちずに見果てぬ願いを秘めて刑場へ赴く
国を憂え時世を傷む烈士がいるものだ。
血に濡れた口、剥き出しの牙の残忍な悪人どもは、
いつの世でも大手を振って跋扈《ばっこ》する。
おお、苦悶の民族の優しい母よ、
あなたのために、五千年もの年月、
すでに数限り無い英雄たちが無実の罪で死を遂げたのだ。……（以下略）
（一九五九年四月　中国青年出版社刊『革命烈士詩抄』一四〇頁）

亀茲故城遺址から左右のタマリスクの並木路を、旧市街へ引き返すこと約一五分、道路の南側に見えて来た。老城の西北隅、民国時代の庫車県庁の跡が。いまの林基路烈士記念館である。一九七六年九月の開館である。かれが庫車県県長時期の執務室がそのまま保存されているという。周囲は四、五メートルの高い塀。今日はなぜか門が閉まっていて中には入れない。コンクリートの電柱に電話線と高圧線が視線をよぎるが。その彼方、庭に枝葉を茂らせた無花果の樹が果実をたわわに実らせ、陽射のなかで輝いていた。林基路と終日語り合っていた話相手であったにちがいない。

さらに西へ駆ける。小さな路地をくるりくるりと左折。庫車県老城の北に、庫車清真大寺のイスラムモスクが聳えていた。寺院は灰褐色で中央部に青い大きな塔があり、三隅にそれぞれ小さな青い鐘楼が尖んがり帽子を被っている。白い鬚を垂らし黒衣をまとったアホンが案内してくれた。ここはこの地方のイスラム教の中心寺院で、ラマダン明けの大祭には三〇〇〇人が礼拝に来るという。塔の高さは二〇メートル。一六世紀に新疆イスラム教依禅派の始祖イスハク・アリが創建し、境内に入って右側に宗教裁判所が、奥に宗教学校が設置されている。依禅派はスンニー派の一分派で一五世紀後半より地方色を吸収して東アジアに拡がった宗派である。拝殿内は薄暗く整然と間を置いた柱がずらりと立ち並んで屋根を支えている。祭の時に床にいちめん絨毯が敷かれ、厳粛な雰囲気を醸し出すにちがいない。境内はいまや朝顔がピンクの花を着け、みどりの葡萄が垂れ下がり、桑の樹が茂り、百日草が植えられていた。一四時〇〇分、ホテルへ戻り昼食。

アクス

いよいよ阿克蘇《アクス》へ向かって、同じく高速道路三一四号線を突っ走る。渭乾河の上流である河床を涙水の流れている木扎尔特《ムチャルト》河の長いながい鉄橋を渡り新和県境に入る。始めはトウモロコシや棉花の畑が点在していたが、その風景も後方へすでに消え去る。一年の平均気温一〇・六度、年間降水量六六ミリでは、どのようにすれば自然を取り込めるか。ただキジル千仏洞行きで越えた却勒克塔山脈を、並行して走る南疆鉄道越しに北に眺めながら、うねうねとつづく砂漠の原野を全速力で進む車中で懐いにふける。空は快晴、沿線は右も左も視野を過ぎるめぼしい物は何一つない。包庫都克《バオクードゥコー》駅だ。だが駅の周りには家らしきものは何もない砂漠の中。まったく人影もないのに駅がある。ささやかな駱駝草が点々と地面にへばり着いているものの、その姿は見るも哀れな風情。時折、洪水のためにか、道路が決壊していて赤い水溜まりを車は右往左往、前や後に傾き舟のごとくにのろのろ運転し、やっと元の車道に戻る。九道班を過ぎ、央塔《ヤンター》克《コ》庫都克《クードゥコー》を通過。却勒克塔山脈が途絶えたのか、北側がからりと開け、背後の白雪を被る海抜六〇〇〇メートル級の天山山脈に、一際抜きん出る六九九五メートルのハンテングリが顔を出し、道は下りになり白褐色の砂漠がつづく。ところがその時突然、その砂漠から地響き立てて、砂竜巻が幾すじも発生し、見る見るうちに空高く舞い上がった。かれらはあたかも草原をたてがみ振りかざして疾走する野生の馬のようだった。新和県と拝城県と温宿県の三県境で南疆鉄道が、東から西に頭上を跨ぎ次第に南の果てへ没して行く。またたくまに車窓を駆け抜けた新和県内一三〇キロは、文字どおりの荒涼とした人間を寄せつけない次元だった。

温宿県南部の集落、五団場にさしかかると、オアシスの象徴であるみどりの草木がまたも出現しはじめ、ちらほらと人間の居住をあかす家々も存在しはじめ、路端に哈密瓜を積むロバ車の音もひびく。赤い水の流れる河すじを幾つも幾つも跳び渡るかのようにして一八時〇〇分、阿克蘇《アクス》の迎賓路にあるホテル友誼賓館に到着。玄関前の広い庭には、いまを盛りの合歓《ねむ》の樹がピンクの花びらの笑顔で出迎えてくれた。車の座席に座っているだけだが、あまりの長時間では疲労も極度。先ずは休憩とベッドにもんどり打ってひっくり返る。

アクス市は一九九八年の統計では人口四六万三八〇〇で、約七五パーセントを占めるウイグル族の他に、回、漢、キルギス、カザフ、モンゴル族などが居住する。アクスとは「白い水」という意味のウイグル語である。遥かキルギスタンとの国境を走る天山山脈を分水嶺として流れ来てアクスの町の周辺を、蜘蛛が糸を張り巡らすように囲み込み、さらに下流はヤルカンド河と合流しタリム河となり、タクラマカン砂漠の中央で消え果てるアクス河の水の色に由来する。上流のクンマリク河とトシカン河が白雲岩からなる渓谷を通過するために、灰白色の泥沙が混流するのである。

歴史的に遡れば、アクスの町は紀元前三世紀、漢代の姑墨《こぼく》国の王城だとの説もあるが定かではない。ただし漢の宣帝の神爵二年（BC六〇）に西域都護府が設置された時には、正式に漢の版図に入ったのは確かである。以後、西晋、前秦、西突厥、隋などの変遷はあるが、唐の太宗の貞観二一年（六四七）に、唐の派遣した昆山道総管阿史那社尓の亀茲国占領によって、亀茲城に移転した安西都護府の管下となった。当時は抜換《ばっかん》城と称したが以後、実に多くの権力の争奪に遭う。七世紀に吐蕃に、一一世紀にはカシュガルのカラハン王朝に。一三世紀には元王朝に、一四世紀には東察合台《チャガタイ》王国の首都となり、一七世紀には葉尓羌《ヤルカンド》王国の支配下、一八世紀半ばに清朝に帰属した。市制を敷いたのは一九八四年である。

アクス市の地勢は北高南低で、北部はタリム河とアクス河の沖積平野を形成し、南部はタクラマカン砂漠となっているが、アクス周辺も、焉耆、輪台、庫車地区と同様に広範囲にわたって開拓がいまも進展していて、アクス河やタリム河の流域には、新疆生産建設兵団農一師が駐留し、その所属農場が所在している。

「凌山の雪路がまだ通れなかったので」、庫車に六〇日間滞在していた玄奘一行は、やっと庫車を出発して、「それから六百里進み、小さな砂磧をすぎて跋禄迦《ばつろくか》国に一泊した」と『大慈恩寺三蔵法師伝』には記され、注釈には「姑墨」とあるが、姑墨がただちにアクスの抜換城とは断定できない。アクスと拝城の間にある哈喇玉尓滾《ハーラーユィルゴン》城だとの説もある。それはともかく玄奘一行は、このアクスの近辺から北西方向、凌山（氷の山）といわれた山々の林立する天山山脈を越えてキルギスタンへ下ったのである。越えた峠も正確には把握できない。アクスから天山山脈を越えるには二つの峠がある。一つは真北の標高三六三〇メートルの氷達阪路（ムザルト峠）であり、一つはそのやや西方の高さ四二八四メートルの抜達嶺（ベデル峠）である。アクスから天山山脈を越え、古代、清池または熱海と呼んでいたイシククル湖湖畔へ至る道程を考えると、やはり温宿県の庫瑪拉克《クマラコ》河河畔の砂磧を通過して、ベデル峠越えのコースをとるのが妥当だと思われる。それにしても今から一四〇〇年前のことである。玄奘一行はこの「天地開闢以来、氷雪があつまって積雪となり、春夏になっても解けず、氷河となって天に連続しているかのようで、仰ぎみると皚然《がいぜん》として果てしなく延びている」傍らを辿る峠を、七日もかけて踏破した。だが「凍病死した者が一〇人のうち三、四人もあり、牛馬はそれ以上だった」のである。一行はトルファンの高昌国を出発した時、総勢三一名だったから、一〇人のうち三、四人とは、そのうちの一〇人程度をこの難所で失った訳である。それほどの犠牲を払ってまでも、玄奘は高昌王麹文泰の自分に対する恩恵に感謝するために、イシククル湖周辺を当時領有する西突厥王葉護可汗《ヤブグカガン》のかれの「封書」と「綾絹《あやぎぬ》五百疋と果物二車」を届けざるを得なかったのである。

しばしの憩いから醒めたわたしは、アクスでの所期の行動を開始した。早速、ホテルのカウンターで、詩人リー・ムトリフの墓地の在処を問い質した。若い二人の女性従業員の口から即座に返って来た返事は、「アクスにはないよ、温宿県にあって車で三時間はかかるよ」だった。地名を差し出した紙片に書いてくれた。

「温宿県托木尓峰南側前山区天山神木園」

温宿県はアクス市の北方、天山山脈の南麓の原野に広がる県で、托木尓峰は先に挙げた天山山脈の最高峰のトムール峰である。積雪と氷河の六〇〇〇メートルの裾野に繁茂する森林は、高さ五〇メートルもある雪嶺雲杉をはじめ、シベリアカラマツ、苦楊などが繁茂し、貴重な野生動物の馬鹿《スイロク》、雪鶏、雪豹、羚羊や猪、狼、狐、ノロシカ、野兎、オオヤマネコ、栗鼠が棲息し、美しい音色で鳴く鶯燕や啄木鳥、蝙蝠などが枝から枝を飛び交い、禿鷲、猫頭鷹などが大空を羽根をひろげて悠々と旋回し、断崖や峡谷、草原には天然の漢方生薬の宝、雪蓮、党参、当帰、貝母、甘草などが生えている場所である。その南麓の前山区に設けられている天山神木園に墓はあるというのである。所要時間は車で往復六時間では、もはや願望はかなえられない。

リー・ムトリフは、一九四三年秋に、ウルムチの新疆日報社からアクスの新疆日報分社に転勤させられたが、かれらが指導する革命組織「小さな火同盟」の果敢な行動に恐怖を抱いた国民党反動派は、潜入させていた特務の密告によって、二〇数名の同志とともに一九四五年夏一斉に逮捕し、ついに九月二三日、アクス警察局で秘密裏に処刑したのである。二三歳であった。次の詩句は処刑一年前の一九四四年に、かれが残していた詩「未来への指標」の前半部である。

わたしは実らぬ望みはしない、
友よ、わたしは遥かな理想を求めねばならない、
決して戦いのために振りあげた腕を、
そのまま降ろすことはできない。
意思堅き庭づくりは決して花を萎《しぼ》ませない、

訪れ来る折節にも決して花を絶やさない。
わたしの夢はあたかも無邪気な嬰児が、
いつでも母の二つの乳房をまさぐるように、
遥かな地点に想いを寄せる。
わたしは蒼空《あおぞら》を凝視して、
あまい想像に駆られながら、
思惟の鋭い眼光であかるい影をぬすみ見る。……

（一九五七年八月　作家出版社刊『黎・穆特里夫詩選』七七頁）

山脈《やまなみ》の肌の色

翌朝、九時〇〇分。アクス出発、カシュガルへ。六九〇キロ、途中で休憩や見学の予定はあるものの、一路、車で九時間。アクス市内はあまり高層ビルは聳えていない。幅五〇メートルもある道路の両側は、コンクリート造りの白い平屋ばかりが建ち並ぶ。迎賓路から文化宮、児童公園のある西大街を抜け、庫瑪拉克河の支流多浪《ドウラン》河の橋を渡り、郊外に出て国道三一四号線をふたたび走る。北京時間の九時だから、アクスではまだ早朝の六時半頃か。道を歩く人影も、自転車も、車もまばら。高いポプラの並木を抜けると、みどりの水田がしばらくつづく。アクスの米は美味しいと聞いていたが、来てみて直接味わって、確かに日本の米にも劣らないほどの風味だった。やがて岸辺には黒い土砂が堆積しているが、水は河のほぼ全面を覆って緩やかに流れる托什干《トウオシハン》河の長いながい橋を渡ると、沿線の砂漠地帯にあたかも砂丘かと思われる無数の墳墓が現れた。ところどころに日干し煉瓦を積み上げた豪華なものも、ちらりちらりとあいだから顔をのぞかせている。セメント工場らしい煙突に円筒状の高い建物が、遠い砂漠の大地にぽつねんと立っている。人ひとり周りには見掛けない。柯坪《コーピン》県に入る手前の沙井子《シャヂンツ》で路上の脇に、荷台を二輌連結した青い車体の八輪トラックが、一塊が頭ほどの石炭を山のように満載して停車している。よく見ると車体の下に男ひとりが眠りこけていた。空は一点の雲もない。太陽はもうサンサンとあまねく地上に降り注いでいる。

アクス地区つまりアクス市、庫車県、沙雅県、新和県、拜城県、温宿県、阿瓦提《アワティー》県、烏什、柯坪県を含む区域での地下資源について、現在知り得る情報は以下の通りである。先の石炭搭載トラックに、ちらりと顔を覗かせているように、庫車、拜城、温宿一帯八三二平方キロの石炭の埋蔵量は、すでに明らかにされている七億七一〇〇万トンの他に、一一六億トンと推定されている。分布地域は庫車県内の阿艾《アーアイ》鉱区、胡同布拉吉《フートンブーラヂー》鉱区、拜城県内の鉄熱克《ティエローコ》鉱区、阿尓阿《アールアー》肯《ケン》鉱区、アクス市内のここ沙井子鉱区である。塩も貯蔵推定二一四億トン。全タリム盆地での石油天然ガス資源の総埋蔵量は一九一・五億トンと推定されていて、すでに拝城県内のキジル郷克拉《コーラ》には、先日訪れたキジル千仏洞のある村だが、二〇二本の油井ヤグラが突っ立っている。その他、鉄、銅、燐、マンガンなどの鉱石を、アクス地区の各所の鉱山で現在採掘中である。車窓の彼方に数本の油井ヤグラが林立する。またも砂漠の湿地帯、なのに草も樹も見当たらない。離別していた新疆鉄道線路が、いつのまにかまたにじり寄って来ていたが、柯坪県境を越え砂漠のなかの小さな阿哈勒《アーホーロ》駅を過ぎた途端に、北から南へ上を跨いで走り去る。北側の地面がだんだん隆起しはじめて来て、やがて山脈となりその形成する地層が、下層から黒に次が白灰色に、さらに赤褐色と変化する。むろん何も成育させない岩山の山脈、柯坪山地で延々一〇〇キロはあり、柯坪県と巴楚《バーチュー》県の県境をなしている。

山を上り下ると巴楚県内の農場中継駅。北にはまだ柯坪山地が山容を横たえ、その前辺の窪んだ砂漠地帯は、いちめん真っ白な岩塩が噴き出し、古代の城塞跡らしい土塁群が北側に点在する三岔口《サンチャコー》に到着。この集落は四、五〇メートルもの道幅を隔てて、僅か一〇軒余りの白壁の平屋建の食堂村である。黄の地色に赤で書かれた看板「東風大酒家」に誘われて、とある食堂に陽射しを避けるように滑り込み、待ちにまった末、拌麵《バンミエン》で腹ごしらえ。

三間房を経て五道班を通過、さらに西隣の伽師《ギアシー》県へ下る。いまだに北の柯坪山地は車の後を追いかけて来る。山並みは一重から二重になりそして三重になり、それぞれに地層の色が赤褐色、白灰色、黒鼠色、白赤色と横にまっしぐら、それに並行して天の果てまでつづく蒼空。いつしかこちらも向こう見ずに走りはじめた。『漢書』西域伝に記載のある紀元前二世紀、漢の武帝がパミール高原を越えた彼方の大宛国（フエルガナ）より得た三〇〇〇頭の駿馬汗血馬の幻に出会ったかのように。中国の現代詩人であるモンゴル族の牛漢《ニウハン》の詩「汗血馬」は次のように高らかにうたう。

千里のゴビを駆けてこそ河は流れ
千里の砂漠を駆けてこそ草原は広がる

風の吹かない七月と八月
ゴビは火の領土だ
ただ疾駆しないかぎり
四本の脚で宙を躍るように疾駆しないかぎり
胸元に風の生ずるのを感じることはなく
数百里の蒸し暑い土埃《つちぼこり》を通過できもしない

汗はすっかり乾ききった砂埃に吸い取られ
汗は馬の体の白い斑《まだら》模様と結晶する……（以下省略）
（一九八九年十二月　青海人民出版社刊『牛漢抒情詩選』二六三頁）

伽師県の西克尓《シークール》ダムを南にし、断崖のような坂道を阿図什《アトシ》市向け駆け下りると、視界は急に広がり、北側の砂礫だらけの斜面の遥か彼方、白灰色をした山地とのあいだの天然の牧草地を、汗血馬か、何一〇頭もの馬の群れが、一斉に嘶きの声は伝わらないが疾走し、大空を鷹が二羽天駆けていた。そのまた遠く微かに煙る天山山脈の北麓は、すでにキルギスタンであり、汗血馬の故郷フエルガナの古代名、大宛国の領域だ。天に峙つ自然の要害を国境線としているものの、こちらの南麓にも、同じ民族であるキルギスのひとびとは居住する。中国国内で少数民族キルギス族の人口は約一六万三〇〇〇で、その七六パーセントをこの一帯克孜勒蘇《クツロス》キルギス自治州が占め、次が伊犁、アクス、カシュガル、ウルムチ、塔城などの同じ新疆ウイグル自治区内と東北の黒龍江省富裕県内に居住する。中国の最西端に位置する克孜勒蘇《クツロス》キルギス自治州に所属するのは、阿合奇《アーホーチー》県、阿図什市、烏合《ウーホー》県、阿克陶《アクト》県である。ぐるりと見回してもすぐに判明するように、かれらの居住区は北から標高七四三五・三メートルのトムール峰を擁する天山山脈の山麓と、西は標高七七一九メートルの公格尓《ゴンゴール》山や七五四六メートルの穆士塔格《ムスタグ》山の聳えるパミール高原という海抜四〇〇〇メートルから七五〇〇メートルの万年雪と氷河の際立つ峻嶺地帯である。そのうえ、これらの山脈の雪解け水は、裾野の克孜勒蘇キルギス自治州へ流れ落ち、托什干河、布古孜《ブーグツー》河、克孜勒蘇河、康西瓦《カンシーワー》河、喀拉塔什《カラーターシー》河などの河川や布倫庫勒《ブールンクーロ》湖、喀《カ》拉庫里《ラクリ》湖などの湖沼となって峡谷や原野をうるおし、自然は典型的な牧草地をここに提供し、ヨモギ、ハマスゲ、カモガヤ、雀の鉄砲、豆科植物、狐茅、羽茅、ゲンゲなど牧草類を生育させているのである。キルギス族のひとびとの生活を支えているのは、この最良の牧草地に放牧、飼育されている汗血馬の孫のまた孫にあたる駿馬はもちろん緬羊、山羊、牛、駱駝などである。

このような実態を把握しておればこそ、古代の突厥の一支族として中国の歴史書『新唐書』回鶻伝などに「堅昆《けんこん》」「隔昆《かくこん》」「結骨《けっこん》」「黠戛斯《かつかつし》」などと記され、元代にすでに天山山脈越えに移住して来、清代には布魯特《ブルート》と呼んだ新疆ウイグル自治区のキルギス族の生活は解明でき、またかれらの代表作品長篇叙事詩『瑪納斯《マナス》』の内容がさらに理解できるといえるのだろう。

『瑪納斯《マナス》』は、キルギス族の「マナス」とその子孫たち八代の英雄が、民族の興亡をかけて襲い来る圧迫集団に対して果敢な闘争を挑む長篇叙事詩である。その内容から見て、成立年代はキルギス族が中央アジアのイェニセイ河流域から新疆ウイグル自治区の北端アルタイ山脈の麓に移住以後からイスラム教の信仰を開始するまでの一〇世紀より一六世紀頃に形成された作品である。この叙事詩の流伝している地域は、中国国内では新疆南部のここ克孜勒蘇キルギス自治州と新疆北部の特克斯《トーコース》県地区であって、年齢八〇歳から二〇歳頃の放牧者、教員などの「マナスチ」と呼ばれる歌手たち約七〇名が語り伝えている。国外ではやはり天山山脈の北のキルギス共和国内およびアフガニスタン国内に居住するキルギス人たちのあいだに語り伝えられている。現在、中国で公刊されている長編叙事詩『瑪納斯』は、この地の阿合奇県麦尔坎西《マイールカンシー》村に住む著名な「マナスチ」居素普《ヂュスプー》・瑪瑪依《ママイ》さんの記憶による詠唱である。『マナス』は総計八部より成り、長さは延々二〇万行にも及ぶ。そのなかでも最も読み応えのある箇所は、三五章からなる第一部の「瑪納斯《マナス》」である。その構成は初代英雄「マナス」のアルタイでの誕生から、成長後のトルファンでの苦難の開墾期、キルギス族の王就任、その後のウルムチ、マナス、烏什、庫車、カシュガルそして中央アジアのアフガニスタン、サマルカンド、タラス各地への遠征という展開である。次は第二二章「マナスのチンアチア征討」の冒頭部。

雪の真っ白に積もったパミール高原の、
天の雲にも突き刺さるオウボリ山から、
太陽の西に沈むバダコ峰に至るまで、
コプーチアコヂエディガル部落があって、
それに遊牧民のコイバ人も住んでいるが、
かれらの運命を握っているのはチンアチア。
ある日、コンウルバイの密使が、
突如、チンアチアの前に姿を現した。
「尊敬するチンアチアさま！
落ちぶれて各地に散っているキルギス人が、
マナスを推挙してやつらの王としました。
マナスはこの世を騒がせ危害を加える極悪人、
…………
やつはわたしとヂーアオラオイの牛の群れを奪い去り、
やつが平和を乱し、住民は毎日、不安でなりません。

このことがもしも世間に広く知れ渡ったら、
きっとわたしどもの名声は泥で塗り潰されます。
チンアチアさま、あなたの領地内のヂエディガルと、
コイバたちは、みなならず者のキルギス人です。……（以下略）

（一九九二年三月　新疆人民出版社刊『柯尓克孜族英雄史詩「瑪納斯」』（下）五七八頁）

わたしは広漠たる遠いみどりの草原を俯瞰しながら、ふたたび馬上からではなく車中から鞭を打つ。盤水磨《バンショイモ》を過ぎ、紅旗農場を通過、南に托喀依《トオコーイ》ダムの側を抜けると、北方につらなる喀《カ》拉塔格《ラタゴ》山地が遠のき、砂漠はいちめん緑の牧草と変化し、またも馬や牛や羊の群れが屯ろしはじめた。克孜勒蘇キルギス自治州の中心、阿図什市街にさしかかる。町並みがとても綺麗な町である。人口一八万四五〇〇。阿図什は無花果の名産地である。日本で日常食べ慣れている緑に少し紫色がかった皮の果実とは異なって、皮も実も丸ごと真っ黄色の無花果だった。タクラマカン砂漠のオアシスには、それぞれのオアシスごとに独特の果実がある。すでに走り抜けて来た哈密はハミ瓜、トルファンは葡萄であったが、トクソンは落花生、庫尓勒は梨、烏什《ウーシ》は砂棗で、これから行く疏附《シューフ》は巴旦杏《はたんきょう》で、葉城《カリガリク》は胡桃《くるみ》だ。

布古孜《ブーグツー》河を越え南下、さらに水のない殺伐とした恰克馬克《チヤーコーマコー》河の峡谷が見えてきた。遥か対岸の断崖に高層ビルの窓みたいに、三個の洞窟が口を開けていた。あれがまさしくかの三仙洞だ。文献では後漢の時代に掘削された中国で最も古い仏教遺跡だ。高さ二メートル、幅もほぼ二メ

ートル。どの洞窟も前室と後室があり、一番左の洞窟の壁画だけに、それぞれ姿形の異なる仏が七〇余描かれている。しかし、案内者の口から漏れることばは、英国のスタインと日本の大谷探検隊の盗掘話。この峡谷が阿図什市と疏附県との境。やがて西に黒褐色の褶曲山脈、阿克《アコ》塔格《タゴ》山地が並行。背の高いポプラ並木が見えて来た。目指す新疆ウイグル自治区の西端の要衝喀什《カシュガル》である。さて、今宵宿泊の塔吾吉扎《ターウヂーヂャ》路の喀什葛尓《カシュガル》賓館への到着予定時刻は、一八時〇〇分だ。無事辿り着ければよいが……。

カシュガル　一

アトシ（阿図什）の南端の峡谷を流れる一滴の水もない恰克馬克《チャーコーマコー》河の橋を渡ると疏附県内となるが、阿克塔格《アコタゴ》山地は西から東へ出っ張り、国道三一四号線はその一木一草も生えていない褶曲山脈を越え、終着点カシュガル目指して繋がっている。また河だ。しかし堤防のコンクリートは洪水で各所が決壊し、河水はあるが河床の砂礫に水溜まりを幾つも作っているばかり。河とは言えない無残な姿をさらけ出していた。カシュガルの緑のオアシスが見えはじめたのは、その時だった。そもそもカシュガルとは、ウイグル語で「色とりどりの煉瓦の家屋」という意味であるから、古代よりカシュガルに宿をとったひとびとは、誰でもきっとこんな思いを抱いたにちがいない。インドからヒンドクシー山脈越しに、パミール高原を息喘ぎながら帰国して来た玄奘は、『大唐西域記』に、

「カーシャ国は周囲五千余里。砂礫の土地が多く、肥沃な土壌は少ない。農業はとても盛んで、花と果樹はすこぶる繁茂している。大変緻密なフェルトや木綿を産出し、細い毛織りの絨毯を編み上げるのに長《た》けている。……仏教寺院は数百ケ所、僧侶は一万余人いて、小乗教説一切有部を学んでいる。……」

と記している。また、一三世紀後半、東ローマ教皇ボールドウィン二世から内モンゴルのドロンノール滞在のフビライ・カーンへの親書を手にする父親、叔父とともに、一羽の鳥も見かけられないパミール高原を越えてカシュガルにやって来たマルコポーロは、言い残した『東方見聞録』に、その時の感想を次のように述べている。

「往年のカスカールは独立王国であったが、現在ではカーンの属領をなしている。住民はイスラム教を信奉している。……住民はもっぱら商業・手工業を生業とするが、その反面、みごとな花園・果樹園・農場をも所有している。国土は肥沃で、あらゆる生活必需品が豊富である。……この地に在住するトルコ人の間には、少数ながらネストール派のキリスト教徒がおり、教会一堂を維持してその教法を守っている。……」

どちらも時代は異なり住民の信奉する宗教も変化しているとはいえ、二人ともカシュガルに足を踏み入れて先ず感じたものは、果樹の茂る豊かなオアシスに密集する多彩な煉瓦造りの家

屋であったはず。国道三一四号線を駆けて来たわたしは、カシュガル河別名トーマン河の青い流れとみどりの河楊《かわやなぎ》に眼を奪われ、とっさに閃いたのは現代中国のウイグル族詩人クリム・ハジェイフの詩「カシュガル河畔」だった。

ながい河は横にカシュガル通りを貫いていて、
河岸の辺りには、紅い花が咲き緑の柳が茂っている。
観賞用の花や樹は蘭や麝香《じゃこう》のような芳しい薫《かおり》を漂わせ、
花々の群がりのなんと奥ゆかしい淑《しと》やかさ。
花々の群がりのなかでヒソヒソ話をしているのは誰か、
時折、着物の衣擦《きぬず》れが聞こえて来る。……（以下略）
（一九八二年五月　新疆人民出版社刊『克里木霍加詩選』一〇七頁）

カシュガルはパミール高原の東北の麓、タリム盆地の西の縁に位置する都市である。紀元前二世紀に前漢の張騫が、再度西域に使いに行った時も、ここカシュガルを経由して赴き、漢の将軍李広利は紀元前一〇四年に、大宛国（フエルガナ）を討伐した時も、多分カシュガルを通過しているはずだし、紀元八〇年、後漢の班超は章帝の命で疏勒国を制圧したが、その首都がつまり後のカシュガルであった。ペルシヤの文献では、すでに遥か二世紀以前にこの都市は形成されていて「突蘭」と呼ばれる部族同盟に属していたと記録されている。唐代以後は迦師国などとも呼ばれていた。唐の天宝十載（七五一）、玄宗の命を受けた高仙芝は三万の兵力を率いて、大食（アラブ帝国）軍の占拠するタラス（現在、カザフスタンのジャンブル）を攻撃したが完全に敗退。八四〇年、カラハン王朝がタラス・ベラサグンに国を樹立、その版図は東はアクス、拝城から西はアム河まで、北はバルガシ湖から南は且末《チエモー》、若羌《ルオチャン》にまで。八九三年、タラスをサマン王朝に占領されたカラハン王朝はカシュガルに遷都。一〇四三年、カラハン王朝は東西に分裂し、カシュガルは東カラハン朝の首都となる。一一三二年、西遼（カラ・キタイ）が占拠。その西遼は一二〇一年、ナイマンの攻撃によって崩壊する。

一三世紀初頭、中央アジアを征服したモンゴルのチンギス・ハーンは一二二七年、全領土を子供たちに分割し、新疆地区とサマルカンド、カブール地域は、第二子チャガタイの領土となるが、一三二一年、このチャガタイ王国も東西に分裂、新疆地区とカザフスタンの一部が東チャガタイ王国となる。一五一四年、東チャガタイ国王族の末裔のサルタン・サイドが、キルギス地区からパミール高原を越えて、カシュガル、ヤルカンドを攻撃、ヤルカンドを首都とするヤルカンド王国を建国。版図は東はハミから西はパミールまで。南は吐蕃（チベット）から北は天山まで拡げたが、一六七八年に滅亡した。一六八〇年、カシュガルはヤルカンド王朝を倒したジュンガル王国の領土となるが、清代乾隆二四年（一七五九）に満洲族の清国軍に占領された。辛亥革命で清国が崩壊した翌年の民国元年（一九一二）、帝政ロシア軍は伊犁とカシュガルに侵入。一八五八年、インド（パキスタン、ビルマを含む）を完全植民地化した英国は、さらにチベットをほぼ植民地化し、次に新疆南部の侵略を企て、一九三三年一一月、遂にカシュガルで傀儡国家「東トルキスタンイスラム共和国」の独立を画策するが、一九三四年七月、盛世才の軍隊によって鎮圧された。抗日戦争末期の一九四四年八月に伊犂、塔城、アルタイの三区革命の発生と同時に、タシュクルガンでもタジク族、キルギス族の遊撃隊が決起し、新疆南部地区の国民党勢力を撃破したが、決定的に収拾をみたのは、中華人民共和国成立直前の一九四九年九月だった。カシュガルが市となったのは一九五三年である。

現在、人口二五万四四〇〇。ウイグル族が七四・五パーセント、漢族が二四・三二パーセントを占め、その他、回、ウズベック、タジク族などが居住している。一年の平均気温は一一・八度である。カシュガルは古来、その地勢からして東西貿易の盛んな都市で、新疆ウイグル自治区最大の農業生産品の貿易市場があり、またカシュガルは特に「果物の里」と呼ばれるように、新疆ウイグル自治区産のすべての果物、杏、梨、桃、紅スモモ、無花果、柘榴、桜桃、林檎、蟠桃、葡萄、桑の実、マルメロなどが、五月から一一月頃にかけて枝もたわわに実を結ぶ。この様子を一望にして見渡せるのが有名なバザールである。バザールとはウイグル語で市場を意味することばであり、もともとかれらが定期的に自分らの特産品や家畜を市場に持ち寄って物々交換をしていたのがバザールの由来である。いまはイスラムの集団礼拝日の毎週金曜日に開かれている。その憧れのバザールに、しばしの休憩後に出掛けた。場所はカシュガル賓館の近くのトーマン河河畔の艾孜熱特路《アイツロート》に面する市立第一〇中学の前である。通りに出ると、道の両側にそそり立つポプラの並木の谷間を、まさにぞくぞくと可愛いロバの引く馬車にも、小型三輪トラックにも、バイクにも、リヤカーにも、山ほどの色鮮やかな各種の野菜が果物が花卉や木材や哈密瓜などまで、山と積まれてやって来る。広場に着き周囲を見渡すと、まったく蟻の巣のような賑わいである。テントがけの食堂に衣服店、大きな日傘の下には、靴屋が幾人も手製の靴を造り、カンカン照りの地面に布を敷き座り込んで白や紅や褐色の卵を籠に並べて売っている頭からスカートまで真っ赤な身なりをしている二人の女性。横では丼茶碗にミルクを入れた牛乳売り。西瓜、哈密瓜の店の周りにも人だかり。

周囲のひとびとは、それぞれに皮膚の色も異なり、着ている衣服も違うが、興味深いのは、男は老いも若きもイスラム特有の白や灰色や青の碗のような帽子を被り、女性はそれぞれ面紗（ヴエール）を覆っているものの、頭だけのあるいは顔じゅうの、または全身すっぽりと、それも濃褐色のもの、薄青いもの、黒いもの、白いもの、華やかな模様のあるもの、とにかく様々なヴェールがあることだ。ヴェールの始まりは、タクラマカン砂漠の直射日光と乾燥して舞い上がる砂竜巻から女性の身を守るためである。それを知らないでただいちずに女性差別と断定するのは間違いである。それぞれにその居住する風土のなかで、生きるに相応しい術を人間は考えて来たことを認めなくてはならないのだ。シルクロードにやって来てわたしも、遂に直射日光にいたたまれず、思わず持参していた大風呂敷を頭からすっぽりとヴェール替わりに覆ってしまったというのが証拠である。

広場のほぼ中央部には、周りをテントで囲んだ仮店舗が設置されていて、なかに進むと完全なマーケットになっていて、きらびやかな絨毯に豪華な反物、それに鮮やかな毛布、さまざまな衣服類に多種多様な乾燥食品屋が軒を連ねていて、活気にあふれた呼び声が錯綜していた。どうも世界じゅうのいろんな雑貨が、わたしたちの想像以上にカシュガルの町にも波打つように雪崩れ込んでいると、実のところ確認せざるを得なかった。

カシュガル　二

ホテルへ戻り、昼食後、今度は市内見学に出かけることとした。先ず地図を見てカシュガル賓館から近いカシュガル市の東南方にあるはずの賽依提艾里艾斯拉罕《サイティアイリスラハン》（saiyitiailislahan）墓地へ車を走らせる。艾孜熱特路《アイツロート》を西へ行き、民東路で交叉するトーマン河の橋を渡らずに、直角に南へカーブし、河楊《かわやなぎ》の並木が枝をひろげる河畔の浜河路《ビンホー》を走る。河向こうは、紺碧の色をたたえた東湖公園が果てしなく眺望される。走ること二〇分、公園内の池が緑の草で二つに分離された地点で車は止まる。下車してみると、彼方には白いビルが林立するなかに、見渡すかぎりいちめんの土饅頭そっくりの何百という土墳の群である。中央には高いポプラが一本しょんぼり生えていて、あまりに際立つ異なる風景画。イスラムモスクと言えばすぐに思い出す長方形の門楼が、二、三〇メートルの近くに人待ち顔で佇んでいる。あの華麗な建築物は背後にない。様相はすでに崩壊過程の終末期。視野を絞って土墳群越しに獲物をさがすと、遠いビルの立ち並ぶ墓地の境界線に、円錐形の帽子を被ったイスラム寺院が、こちらを向いて鎮座していた。空は青色。雲一つなく、辺りには人ひとりいない。この荒涼とした情景は、ここに葬られているサイティ・アイリスラハンの一生を如実に物語っている。

八九三年、カラハン王朝建国の首都ベルサグンを、サマン王朝によって奪われたオグウルチャク・カドゥルハンがカシュガルに遷都した後、イスラム教をタリム盆地に精力的にひろめた甥のブゴラハンが国王を継ぎ、三代目がその子のムサ・アイリスラハンで、四代目にあたる人物がサイティ・アイリスラハンである。カシュガルを出発したカラハン遠征軍は九九九年に、中央アジアの故地ブハラを奪回し、サマン王朝を完全に滅亡させるが、その前年の九九八年、遠征軍の出陣中に、首都カシュガルを三万の兵で急襲した東隣の于闐《うてん》国軍に、一時は勝利はするものの、カシュガルから六〇キロ離れた英吉沙《ギタンジャリ》で奇襲攻撃され、多くの部下とともに陣没するカラハン国王がかれだった。かれの死後、カラハン王朝はただちに中央アジアへ征伐にでかけていた遠征軍の帰国でカシュガルを奪回し、さらに于闐国に侵攻し于闐李王朝を滅亡させてしまうが、前述したように一二世紀、西遼のカラ・キタイの従属国となり、一二一一年、カラ・キタイを簒奪したナイマンの屈出律《くつしつりつ》に屈伏。一二一八年、屈出律はついにチンギス・ハーンの部将ギョビェに征服され、やがてチンギス・ハーンの次男チャガタイの領有となる。一五世紀末には、モンゴル、トグラートのアババイコルがカシュガルに政権を樹立。その支配の下で、哈密出身のイスラム伝教士阿巴克霍加《アバコ・ホージャ》（AbakhHoja）が、カシュガルを掌握するが、一八世紀半ば、満洲族の清国軍に壊滅されるのである。

さらに南郊にある班超城を目指す。多来特巴格路《ドーライトバーゴー》である。班超城である。右にカーブを切ると、道の左側に真っ白な鳥居のような四本の柱の立った牌楼が現れた。城という文字がついているが、大阪城のような日本式の城でも西安城の「城」という広大な凹凸の城壁に囲まれた代物でもない。四隅にささやかな城楼を構えた町の一角の小公園である。四、五段の石段を上り牌楼を潜ると、さらに六段の石段があり、道の左右にずらりと三六人のそれぞれに異なる甲冑で武装した石像の武将たちが、手に槍や剣を持ち威厳をつくって突っ立ち、突き当たりの一段高い高みには、左手を腰に回し、右手を胸元に上げたまま、まさにいま演説の最中とおぼしき将軍班超の石像があった。ひとりひとりの顔を子細に眺めてみると、そのひとりひとりがそれぞれに様相が違っていて、ついついかれらの心のうちまで知りたくなってくる。まだ新しくて造ってそれほど日が経っていない感じがする。数羽の鳩が舞い下りて来て、しきりに草をついては、再び空に舞い上がる。

『史記』や『漢書』班超伝には次の事跡が残っている。班超（三二～一〇二）、後漢の名将。扶風の安陵（いまの陝西省咸陽の東北）の人で、父は『史記后伝』の著者の班彪、兄は『漢書』の修成者の班固、妹は班固の仕事をさらに発展させた班昭。永平一六年（七三）、命により三六人の武将をひきつれ、「虎穴に入らずんば虎児を得ず」と言を吐き、西域に赴き匈奴に接近する疏勒王を退位させ、さらに于闐（ホータン）を下し疏勒の地に駐屯し、その子、勇とともに、広漠たる天山南路に屯田開拓の鍬を入れ、漢の西域統治を実質的に完成させた人物であると。ただし、先祖代々、このカシュガルの地に、永住しつづけるウイグル、キルギス、タジクなどの少数民族のひとびとにとって、この班超城はどのように映っているのだろうか。

班超城を後にして西へ迂回、カシュガル市内を南北に縦断する解放南路に進み、ものの一五分も行き、右手の体育路へ滑り込み、カシュガル第一二小学校を探す。なぜなら、その敷地内に一一世紀、カシュガルを王都としたカラハン朝期のウイグルの大詩人ユースフ・ハス・ハジフ（YusufHasHajib）の陵墓が設けられているはずだから。あった。左右のみどりの並木の途絶えた傍らに、青いコバルト色の尖んがり帽子みたいな円い屋根をした高い建築物がでんとして聳えていた。入口の道の右左には、葡萄の蔓が茂っていて、真正面にイスラム寺院特有の小さな屋根をもつ二本の白い柱が、番兵のごとく立ち、その奥に広大な中庭を擁する陵墓である。北に坐し南に向いていて、敷地は長方形である。陵墓の正面は幅四・二メートル、高さ八メートル、その両脇にそれぞれ八・七メートルの円柱の塔楼が並び立っている。中庭を中心に東部と西部に分かれ、西は拝殿で、東がかれの墓室になっている。

ユースフ・ハス・ハジフ（一〇一八〜一〇七〇）という大詩人を、日本人で知っているものはあまりいまい。しかしウイグル民族の生んだ世界的な詩人である。かれが生まれたのは、中央アジアのベラサグンで、カラハン王朝が、カシュガルに遷都した後に、移住して来ていたのである。カラハン王朝期の約四〇〇年間に、その広範な政治権力地域内では、突厥語（ウイグル文）やソグド語、ペルシア語、アラビヤ語が使用されていたが、かれは古代ウイグル語を駆使して、全篇、八六二頁にのぼる一大長篇叙事詩『クタドグ・ビリク』（KutadguBilik、幸福への知恵）、漢語訳では「福樂智慧」という詩集を一〇六九年に、カシュガルで完成させたのである。この詩集は現在ではウイグル古典文学の傑作として、トルコ語、ロシア語、英語、カザフ語、漢語などに翻訳されている。作品は一貫して「しののめ」と「月光」と「聡明」と「覚醒」を、四人の人格に象徴して人生の根本問題を解き明かそうとしている。文字を目で追ううちに、地下からコンコンと湧き出る泉のような英知に、わたしは思わず感嘆の声をあげた。いまそのなかから、適宜、眼を射る詩句をとり挙げてみよう。

無知なる者の胸の内は砂漠みたい、
河の流れも注ぎ込めないし、一寸の草さえも生えることはない。

友となるのはたやすいが、友情を保つのは難しい、
敵を作るのはたやすいが、共に和解するのは難しい。

貧しいひとびとや孤児や寡婦を優遇し、
かれらを大事にしなくては、公平な主人とは言いがたい。
もしも無知なる者が高い地位に居座るならば、

高い地位は必ず平地と変化するのは疑いない。
下劣な人間が手をどの方向へ差し伸べようとも、
海水はきっと涸れ果てるし、大地は荒れ野に変わるはず。

（一九八六年十月　民族出版社刊『福樂智慧』）

やがて車は再び解放南路を北上、カシュガル市内の中央部、人民広場にやって来た。広場は、いまを盛りの鮮やかな花が咲き匂っていて、ほんとに生きることの意義を訴えかけているようだ。人民広場の周辺に「文豪書店」「新華書店」「三昧書屋」を見つけ、カシュガルでなくては手に入らない書籍を探索する。時計は一六時〇〇分。

時間にせかされて艾孜熱特路《アイツロート》を通り、トーマン河を渡ってカシュガル市の東北方約五キロの郊外浩罕村《ハオハン》に所在する前述のアバコ・ホージャ（AbakhHoja）霊廟、別名「香妃墓《こうひ》」を訪ねる。周りは天にそそり立つポプラの樹が包むように茂っている。入口のムスリム独特の青い地に白の唐草模様をあしらった芸術的な塀に、アラブ文字やウイグル文字などで当霊廟の説明が記されているが、漢字では「全国重点文物保護単位　阿巴克霍加麻扎《アバコ・ホージャ》」と書いてあった。霊廟の境内には、霊廟、教経堂、大礼拝寺、門楼、池に果樹園などがあり、いずれもムスリム特有の偶像崇拝を極度に拒否するために、一切の具象的な自然の風景や人物はすべて抽象化された建築様式である。むろんこれらの建築群の中心は霊廟であるが、霊廟とはいうものの、実は高さ二六メートル、幅三九メートル、頂はベレー帽のような円型の白い屋根で覆われ、四隅には小さな塔楼が立ち、外壁には緑色の瑠璃煉瓦が貼りめぐらされている。一目見ただけでその図柄の意味の深遠さがうかがえる壁画に引かれながら扉を開けて中に入ると、なかには梁も柱も一本もない。床はいちめん人の身長の半ばほどの高さになっていて、その上に豪華な模様のついた紅や緑の布を覆った棺桶が幾つも並べられていた。しかもそれらの棺桶は、みな白い地の花瑠《はなる》璃磚《りせん》瓦《が》で墳丘をかたどったものである。つまり霊廟とはいえ寺院なのである。

建設されたのは一六四三年。葬られているのは、イスラム教の聖者である伝教士の同族五世代七二人である。初代はイスラムの著名な伝教士ユースフ・ホージャであり、かれの死後、伝教活動を継いだのが長子のアバコ・ホージャで、かれは一七世紀の名高いイスラム教白山派のトップとなり、一時はヤルカンド王朝の政権をも掌握したことのある人物である。一六九三年に逝去し、ここに葬られた。かれの盛名は父親を凌駕していたために、この墳墓を「アバコ・ホージャ墳墓」と称しているのである。つまり満洲族の清朝に統一されるまでのチャガタイ王国のカシュガル地区代理統治権力集団の墓地である。

ところで墳墓の別名「香妃墓」と言っているのは、ここには清国の乾隆帝の妃として、政治の具となり遠いタクラマカン砂漠の道程を、はるばる北京の宮廷へ赴いたホージャの末裔のイパルハンが葬られていて、彼女はいつも身体から、ふくよかな砂棗の花の香りを漂わせていたので「香妃」と呼ばれていたからである。説明では奥の右手中央の黄色の棺だとのこと。香妃は死後、その兄嫁のスードシヤンによって故郷のカシュガルに移送されたと言われていたが、現在の研究では、彼女は乾隆帝の貴妃の容妃（一七三四〜一七八八）で、新疆ヤルカンドのウイグル貴族の生まれで、死後は北京の東北、河北省遵化県の裕陵の妃嬪園に埋葬されたことがわかっている。左手の大礼拝寺「加曼《ジャマン》清真寺」と教経堂「高低《ガオディ》礼拝寺」にも立ち寄ってみる。どちらも床は濃緑の絨毯が敷かれていて、多くの彫刻した木の柱が林立していた。いまも血縁的に繋がりをもつ多くのウイグルのひとびとは、礼拝時になると、このイスラム寺院で敬虔な祈りをささげているにちがいない。

わたしはなんとなく崇高な気分で墳墓を後にしたが、なぜかどこまでも追っかけて来る妄執に纏わりつかれていた。考えてみると、それは加曼清真寺の両開きの見事に彫刻されている扉の片方が、以前、「スタインによって持ち去られ、いまは大英博物館に収蔵されている」という説明者の声と、去り間際にアバコ・ホージャ墳墓の隣の、コンクリート塀で仕切られた土地を覗いた途端、いちめん何の覆いも何の装飾もない土ばかりの小さな墳墓が、ずらりと頭をあげて、わたしを一斉に睨みつけたためだと気がついた。

トーマン河を渡って解放北路を北上し、カシュガル市内のど真ん中のエイディガール広場の西側で停車。仰ぐとちょうど改修中だったが、西域最大の規模を誇るイスラム寺院の面影が、すべて濃い褐色に彩られている建築構造に現れている。西に坐し東を向いている寺院の門の二本の円柱は一八メートル余り、頂上には礼拝用の小さな塔楼が乗っている。正殿の全長は一六〇メートル、奥行き一六メートル。なかは一四〇本の彫刻した緑の柱が、白い天井を支えていた。一四二六年の創建から今年の改修は一四回目だという。かつてはイスラム教の最高学府として、幾多の伝教士たちをおくり出していた権威ある建物で、いまでも院内にはイスラム宗教学校がある。金曜の礼拝の日には六〇〇〇人が一堂に集いメッカの方向へ向かって祈りがささげられるのである。

出るとちょうど、一日五回の祈りのうちの夕べの祈りの時間に遭遇し、寺院の前は車や人波で雑踏しているなかを、エイディガール広場からやや下り坂になっている職人街へ向かって、左右の店々を鵜の目鷹の目しながら歩く。上下、紺の服を着た若者が琺瑯《ほうろう》の器にみどりの葉っぱを敷き、阿図什産の無花果を売っていた。わたしの幼い頃から食べ慣れている色と違って、見たこともない黄色の無花果である。イスラムのひとびとは、ユダヤ人と同様に絶対に豚もエビも貝も食べない。回教の食堂の前を通ると肉が懸かっていて、台の上に赤く熟れたトマトと長くて青い唐辛子がともに盛られ、ニンニクの束がどっかと積んである。路上の黄色のカボチャを山のように積んだリヤカーは、どこに行ったのか主がいない。街路は老若男女の群れがざわざわと往き交い、敷石の上に大きなコンロを据え、鉄塊が真っ紅に焼けると、それを老人が鉄器で挟んで取り出し、調子をとるかのように金槌で叩くと、側の若者が大ハンマーを振るって力いっぱい叩く。わたしがこども時代に村外れの峠の鍛冶屋で見たそのままの風景である。鍛冶屋の店頭にわたしにとってながいあいだ正体不明であった耕作鍬のケトマンを発見した。漢字では坎土曼と書く。刃先が円く、一・五メートル余りの柄のついた、ずっしり重い代物だった。新疆ウイグル自治区の農民が日頃使用する万能鍬である。むろん陳列してあるのは、この鍛冶屋の手製の品々。隣には赤銅色の大小の銅器を専門に製作する鍛冶屋もある。主食のナン作りに使う麺棒や絨毯や布織り機の機関《からくり》の部品だろうか、木製品のみを店先にぎっしりと下げた店もある。木の材料は一様で節目がないから、どれもタクラマカン砂漠にのみ繁茂する胡楊というポプラであるようだ。楽器屋が現れた。老人一人の店内に足を踏み入れ、ダーブーという小太鼓とタンバリンを組合わせたみたいな民族楽器を買う。値段は五〇元。高いのか安いのか皆目不明。張ってあるのは羊の皮。叩いてみると皮の快い音色に、円い木枠のなかにぶら下がっている多くの小さな鉄の輪が鳴り響く。改めて店内を見渡すと一〇数種類の手作りの楽器が並んでいる。打楽器のナホラ、ターシー、ダーブーに、弦楽器のアイヂェック、フーシタール、サタール。管楽器のスルナイ、ナイイーと弾楽器のタンバル、ロワーフ、ドダールなど。ほとんどが見たこともないものばかり。ウイグル人の家庭には、かならず多くの楽器が備えられていて、かれらはお客でも来ると、家じゅうで歓迎し歌をうたい素晴らしいダンスを披露する。ホテルへ戻ったのは一九時四五分。二〇時〇〇分、夕食を終え、シャワーを浴びてひとまず休憩。

二一時二〇分。東の郊外にある宿泊のカシュガル賓館から、西の郊外に位置するカシュガル色満賓館《ソオマン》まで、ウイグル舞踊を見学のために、疲労困憊のからだを疾走する車に委ねる。いささか眠気を催すが一途に我慢。辺りはようやく夜の帳が垂れはじめて来た。「色満賓館」は現在は高級ホテルになっているが、一八九〇年にカシュガルに設置された帝制ロシア時代の旧ロシア領事館である。おなじく同時期にともに新疆地区の侵略を画策していた旧英国領事館は、いま拝観したエイディガールモスクの直ぐ北のカシュガル第一三中学に接する「其尼瓦克《チーニワーク》賓館」

だった。わたしは色満賓館の舞台の最前列の椅子に腰をかけ、目近かで紅や白や黄色や緑のドレスが、もろもろのウイグル音楽にリズムを合わせ、見事なトンプラ踊りを披露するなかで、ひたすら夢、幻のごとく思いに耽っていた。峨々たる五〇〇〇メートルもあるパミール高原を懸命に越え、この荒涼としたタクラマカン砂漠の最西端の都市カシュガルにやって来た先進諸国の外交官に探検家そして考古学者、特務機関員たちは、ここに逗留し、帯びて来た任務をいかに遂行するかシャワーを浴びながら、秘策を練っていたにちがいないなどと。戻ってカシュガル賓館のベッドにひっくり返ったのは二二時三〇分。

ギタンジャリ

八時〇〇分。いま夜が明けたばかりだが、ホータンへ出発。カシュガルまでが天山南路（西域北道）だったが、ここからはパミール高原と崑崙山脈と並んで、敦煌近郊の陽関まで通じる西域南道である。国道三一四号線は、カシュガルを経て南下、阿克陶《アクト》県を横断し、さらにパミール高原の東端に聳える海抜七五四六メートルのムスタグ山の麓を抜け、タシュクルガンからパキスタンとの国境、カラコラム山脈の紅其拉甫《クンジェラーブ》峠まで続く。カシュガルからの西域南道は、全長三〇〇〇キロの国道三一五号線を辿ることとなる。敦煌から西へ西へと、北海道から九州まで日本列島を縦断するほどの道程を車で旅して来たが、今度は逆に玄奘のインドよりの帰国みたいに英吉沙《ギタンジャリ》、莎車《ヤルカンド》を経て、古来、玉石と絨毯で名高い和田《ホータン》へ向けて、またも広漠とした異質の風土タクラマカン砂漠の砂埃のなかを、がたがたと身を揺らしながら車は行く。

解放南路を南へ下る。珍しくもプラタナスの街路樹に出会う。早朝なので運転手が一言「朝早く起きる鳥は、虫が食べられる」と、ウイグルの格言を教えてくれた。左手は朝市が立っていて、右手は林檎園がつづく。車窓の左は東。朝日が昇りはじめ、野菜を積んだロバもやって来た。河畔の牧草地には駱駝が一頭、それに黒と白の羊の群れがしきりに草を食んでいる。赤い河という意味の克孜勒《クツロ》河の橋を渡り、カシュガル市に別れを告げて疏勒県に入る。ひとりの少年が鞭を振りふり二〇頭余りの羊を放牧地へ連れて行く。次々と河畔にポプラの並木の列をなす小河が切れ目なしにつづき、向日葵畑にトウモロコシ畑に、タマリスクまでも咲いている。鳩の群れがひとしきり視界を遮ると、蒼空に一羽の鷹が現れる。

ほぼ五〇キロも過ぎた頃、樹木は消え失せオアシスは絶え、周りは枯草の砂丘とゴビ灘と様変わりする県境の村色提力《ソオティリー》。まもなく県庁所在地の英吉沙《ギタンジャリ》の町に到着。時計は九時三〇分。この県の人口は二〇万五〇〇〇。西南方は公格尓《ゴンクール》山地の崑崙山脈の北麓。一年の平均気温は一一・六度、年間降雨量は六八ミリ。かなり厳しい自然環境だ。ギタンジャリとはウイグル語で「新しい町」という意味。この県内の東北の砂漠地帯アオダムは、昨日、訪れたカシュガルのアリスラハン墳墓の主カラハン朝の国王であったサイティ・アリスラハンが、九九八年一月、于闐国の李王朝軍に包囲され大勢の武将とともに戦死した場所である。いまもその場所は、かれの死を悼む墳墓や死亡した多くの兵士を土葬した砂塚が散在し、当時の激しい戦況をとどめているという。よく掃き清められている道路脇のポプラと枝垂れ柳の並木は、崑崙山脈から引くカレーズの水で枝を繁茂させている。男たちの乗った自転車に、何も積んでない赤い幌を覆った三輪車が二台、どこへ行くのか往き交い、警官帽を被った男と女の公安官が一五、六人、上着は青くズボンあるいはスカートは黒い制服で、男は前、女は後と三列になって、至極にこやかに道の右側をこちらへ歩いてやって来る。男の子が二人、頭に褐色のハンチングを乗せ、少し汚れたシャツに黒と茶のズボンに灰色の布靴をつっ掛け腕を組んで行く。道端の白い壁に赤い扉と赤い柱の調和する家屋や美容院、診療所、食堂などは、みな平屋造りの簡素な建築だが、なかに一箇所目立って高いきらびやかなイスラムモスクがあるのに気がついた。道路に面する門は狭いが、頂の青い円錐の屋根の上の月を象る尖端が、キラキラと金色に輝いているためだ。モスクの手前の一軒の金物屋の前で停車。狭い店内に陳列してあるのは、大きさや種類は違うが刃物類である。

ながい伝統をもつ手造りのギタンジャリ製ナイフは、いまも二〇数種類あって、その切れ味はもちろんのこと、刀身の形が直線、湾曲、尖形など、ウイグル、カザフ、モンゴル、チベット、漢族など、それぞれの民族の好みに合わせていろいろと製作されているだけでなく、柄も銅、銀、玉、骨、宝石などが用いられ、彫刻の図案も三角、円、四角などさまざまと入念な工夫が施されているのが特徴である。ここがナイフの名産地となったのは、三〇〇年前のこと、ギタンジャリの町の南にカルワシーという村があって、そこに居住していたマイマイティ・クラホンという鍛冶屋が、ながい年月、試作を繰り返しやっとのことで鍛き上げた製品だった。なにしろ名刀は一朝にして出来上がるものではない。

ギタンジャリでとれる作物は、小麦、トウモロコシ、棉花に菜種油と西瓜などだが、名産ナイフと印花布は見逃しがたい。ギタンジャリを後にすると、またも砂漠の波が押し寄せ、でこぼこの砂丘が遥か連なり、すごい砂竜巻が山麓を幾筋も走る。まるで天女の乱舞。右手の下界に水を湛えた広いダムが輝いた。空は白雲が群れをなして移動する。見るとそのダムのなかで一艘の小舟が、おもむろに水上を移動する。どうも魚を捕獲しているらしい。対岸の黄色な草地と緑のポプラ林がダムに影を逆さに映して素晴らしい眺めである。またも永遠とつづく砂漠色。じぐざぐに流れる依格孜也尓河《イゴツエール》を越えて克孜勒村《クツロ》。ヤルカンド県との境は馬亜克道班《マヤコーダオバン》。

ヤルカンド

莎車《ヤルカンド》、チュルク語で「広々とした土地」の意味をもつ県は、新疆ウイグル自治区の西南、カシミールとの国境をなすカラコラム山脈を源に、標高三〇〇〇メートルのタシュクルガンタジク自治県を通過し、崑崙山脈の峡谷を堰切って流れ来るヤルカンド河の沖積平原にある。パミール高原越しにやって来たマルコポーロは『東方見聞録』にヤルカンドについて次のように述べている。

「鴉児看《ヤルカン》は延長五日行程の国で、住民の大部分はイスラム教徒だが、中に些少のネストリウス派のキリスト教徒を交えている。この国の支配者は前述のカーンの甥なる人物である」と。紀元前一世紀の頃の前漢時代にすでに莎車国の首都であり、三国時代から北魏時期には、国名は渠沙と改め、カシュガルの疏勒国に併呑され、十一世紀、突厥語系の各民族によってヤルカンドと呼ばれていた。元の漢語文献では押児牵《ヤルチェン》、雅児看《ヤルカン》などと記されて、一二一八年、チンギス・

ハーンの命を受けたモンゴル軍の武将ヂェビエは、西遼のカラキタイを簒奪したナイマンの屈出律を逮捕、ヤルカンド、ホータンをも含む新疆全土を占領した。だから、一三世紀末のマルコポーロの言う「前述の支配者」とは、中央アジアのサマルカンドを中心とするチャガタイ王国の第二代ハイドゥ・ハーンで、かれはチンギス・ハーンの次男チャガタイの子である。そのチャガタイ王族の末裔である蘇丹賽依特《サルタン・サイド》（SultanSaid）が、ここにヤルカンド王朝を建てて首都としたのが、一五一四年。ヤルカンドの城市《まち》は大々的に改修され拡張されたのである。その領土は東は哈密から、西はパミールまで、南はチベットに接し、北は天山にまで及んでいた。特に初代のサルタン・サイドと第二代の拉失徳《ラシド》（Abduraxid）の時期に、文化教育関係を奨励し、ヤルカンドに高等学府や図書館を建設、多くの学者や詩人が輩出した。しかしやがて一六七八年、アバコ・ホージャの引き入れたジュンガル軍の攻撃で、一六五年間のヤルカンド王国の支配は壊滅。一七五九年、清国軍が新疆全土を平定。乾隆二六年（一七六二）、清国政府は当地に弁事大臣を置くと同時に、以前の城区の東南に鎮城を築いた。一九一三年、民国になって府を県と改称し現在に至っているのである。

ヤルカンド王国時代に、学者や詩人が輩出したと述べたが、その名前を挙げると、学者には歴史学者の『拉失徳史《ラシド》』の著者米児自・海答児《ミルザー・ハイダール》（Mirza・Haydar 一四九九～一五五一）が、詩人には詩集『娜斐斯詩集《ナフェイス》』の著者、女性の阿曼尼沙《アマニーサハン》（Amannisahan 一五三四～一五六七）や、詩集『周遊書』『伝説』の著者佳黎里《ヂャリリー》（Zalili 一六七四～一七五九）などがいる。次の詩は特に傑出しているヤルカンド生まれのウイグル族の詩人ヂャリリーの作品「ガザル」の一篇である。

かりに絶世の美人がいないなら、わたしは天上界にはのぼりたくないし、
もしも眼をも剥き出す宝がないのなら、玉《ぎょく》を拾うひとは河のなかには入らない。

国を傾け城もないがしろにするほどの美人の顔には、黒い黒子《ほくろ》があるものだが、
忠実な部下をもたない君主がどうして世界を手の内に握ることができるだろう。

もしも空に星座がなかったとしたら、
どんな聡明と呼ばれる人だとて、なんで月の満ち欠けを悟ることができようか。

（一九九八年七月　新疆大学出版社刊『維吾尓文学史』四二七頁）

ギタンジャリから国道三一五号線は、東南方へ向かっていたが、ヤルカンドの町を出ると、南へ一直線に下る。手摺のついた長いながい橋の架かった河にさしかかる。ヤルカンド橋である。全長一五〇メートルはあるコンクリート橋である。灰色の石ころ混じりの河床に、多くはないが確かに水が流れている。この橋は現在では南の沢普《ツォプー》県との境を意味しているが、古代では西域交通の要にあたる役割を課せられていた橋である。このヤルカンド河を遡って、南の世界第二の高峰八六一一メートルのチョゴリ峰を望みながら西を目指せば、蒲犁《プーリー》つまりタシュクルガンからワイン峡谷のあるヒンドクシー山脈沿いにアフガニスタンへ。またクンジェラーブ

峠を抜けてカシミール、ペシャワール（古代のガンダーラ）へ至ることもでき、逆に東へ河筋を下って行けば、アクス、庫車《クチャ》へ辿り着くこともできる分岐点である。ヤルカンド橋を渡ると、国道三一五号線の南側の荒地に、紅い旗が二本はためき、一軒の小屋の周辺で、多くのひとびとが往き来し、しきりに新田開拓にいそしんでいる。タクラマカン砂漠での一木一草のみどりは、人間の手を経ないかぎり、決して茂ることはないのだ。沢普のささやかな村を通り抜け、沿道のいちめんの枯れ草原を潜り、沢普県と葉城県と県境の小さな橋まで約二〇キロ。間もなく葉城《カリガリク》という開拓村の恰尔巴格《チャルバコ》の外れで一休憩。ポプラ並木に区切りをされた開拓地には河楊《かわやなぎ》が繁茂し、桃や棗や水蜜桃や孫悟空が好んで食べていたという蟠桃畑がつづき、それに棉花畑にはピンクと黄色の花が、水田には稲の葉波が揺れている。一二時二七分、葉城県の中心カリガリクに到着。

カリガリクと皮山《ピーシャン》に墨玉県

とにもかくにもお腹に物を入れなくてはならない。道沿いに大きく「冷飲屋」と看板をかけ、赤い垂れ幕を張り巡らした食堂に入り、拌麺を注文する。奥が食堂である。五、六人のひとびとが料理を作っている。道に面した側が調理場で大きな竈が据えられ丸い蒸籠《せいろう》が乗っていて、煙突が一本屋根を貫く。横では白いイスラムの帽子を被った親子らしい二人の男が、大鍋の中を覗き込み、赤い縞模様のヴェールで頭だけを包んだ若い女性は茶碗を数え、頭をツルツルに僧侶のように剃った一五、六歳くらいの若者が青い前掛けをして麺をほぐす。それに食卓にできた料理を運ぶ役割のいま一人の若者。羊の肉か、鉤にかけられ天井からぶら下げられている肉の塊。一番奥の天井近くにテレビが置かれていて、三人の客が熱心に見ている。食事が出されるまでの間、店の前の大通りに出て、辺りの風景に目を光らせる。五、六歳くらいの少女がひとり薄紫のヴェールを被り、白い上着に赤い花模様のスカートをつけ、その下にさらに紅のズボンを穿《は》いて、母親でも待っているのか、佇んで道の彼方を眺めている。ここはやはりカリガリクの中心広場のようだ。見渡すと、四階建の白壁の洋館が二、三際立ち、周りを平屋に二階建の商店が囲んでいる。自動車はそれほど目立たない。粗末な造りのロバ車が幾台も前を通過する。五〇〇メートルの彼方にテレビアンテナか、ひとり聳え立って睨みを利かせている。やっと麺と具が別々の皿に盛られた拌麺がやって来た。箸は割箸。それほど辛くはないが、かなり油っこい。温かな舌触りにほっと一息。

葉城《カリガリク》は **Karghalik** と記し「烏の群れる町」という意味である。玄奘の『大唐西域記』に「(この国は) 周囲千余里ある。国の大都城は周囲十余里ある。嶮峻で守備は険固、人家は盛大である。山や丘は引き続き、石ころの地が広がっている。二つの河に臨みとり巻かれ、農耕が盛んである。葡萄、梨、唐梨があり、その果実は豊富である」と記されている。

確かにヤルカンド河に流れ入る崑崙山脈を源とする提孜那甫《ティツナブ》河の流域のカリガリクは果実が豊か。そのなかでも柘榴《ざくろ》が特に名産の果物である。郊外には棋盤《チーパン》千仏洞や布尓罕納《ブルハンナー》仏教遺跡などのある古代和闐国の小乗仏教国の名残はあるが、現在は住民は一人としてイスラム教徒でないものはない。県内の人口は三五万四〇〇〇。ウイグル族をはじめ漢、タジク、キルギス族が暮らしている。

やっと腹拵えができた。そこでまたも不毛の砂漠地帯にさしかかる。南にダムを遠望するが、ものすごい砂竜巻が突如、一点のみどりもない大地を駆けめぐる。車の窓は密閉し、鼻はぬかりなくマスクをかけてはいるものの、どんな隙間でも、容赦もせずに侵入する。走行距離約二五キロの皮山県内は、はてしなくつづく白灰色の砂漠と砂丘と、時折現れる砂礫地帯にたじろぐ赤い水と、道路に遅れじとばかりに後を追っかけて来る沿道の電信柱のみ。皮山県はタクラマカン砂漠の西の果て、カラコラム山脈の北麓に当たる。南方への小さな道は、チベットの阿里地区とカシミール・インド地区へ通じる古代からの道である。前漢、三国、北魏時代、この地には皮山国が存在していたが、やがて于闐国に併合され、一一世紀末には、カラハン王朝の領土となる。いまある県城は清代の乾隆年間に設置された守備隊の駐留根拠地である。

遮るもののない砂漠地帯に、ちらほら枯れた胡楊が姿を見せはじめ、次いで緑の葉を着けた背の低いタマリクスが顔を出す。オアシスの近付く時のいつもの前触れである。墨玉《モーユイ》県の繁華街墨玉の町に到着、一六時三〇分。墨玉とは突厥語の黒い玉「カラカシュガル」を漢字で表記したことば。墨玉河の西岸に位置する墨玉県の人口は、一九九八年時点で三六万八九〇〇人。

居住するひとびとは、ウイグル族を主に漢、回族が大半を占めているのだが、ウイグル族とはいえ、インドに近いため、明らかにインド系に属するひとびともいるという。それに中国政府は現在、中原地区で「一人っ子」政策といって子供の出産制限を課しているが、新疆ウイグル自治区内のウイグル族には、町では二人、村では三人までという緩和策を採っているのも知っていなくては。ちょうどバザールが開かれていて、赤い幌をかけた三輪車にロバ車が、わがもの顔に往き来し、進む道路は大変な混雑である。ここの産物は農作物に小麦、トウモロコシ、米、棉花、菜種、瓜、野菜に薄皮の胡桃だと聞くが、互いに売り買いしている商品は、見たところ羊が多く、それにつづくのは葡萄に繭に鶏など。先ずは羊を手離して欲しい品物を買い漁るのだそうな。いわば物々交換というバザールの基本原則を踏まえてのこと。シルクロードの行く先々、天を突きそそり立つポプラの並木と至るところで出会ったが、墨玉県で出会ったかれらの隊列ほどの見事なたたずまいは見たことがない。実に整然としていて静寂そのものである。満々と水を湛えるカレーズが現れ、次いで墨玉河の河畔にさしかかる。橋のたもとで一〇数羽の鴨が群れになって泳いでいる。傍らで四人の子供たちが真っ裸で水遊びに夢中なのを見ながら東の和田県に足を入れる。和田県と和田市の区域は、崑崙山脈の南麓を源とする墨玉河と白玉河とに挟まれた両河の流域地区である。この二つの河はやがて北で和田河に合流しタクラマカン砂漠の地下に潜り込み、アクスの南でカシュガル河と一つになりタリム河と名前を変えて延々とタリム盆地の地底を迂回して、楼蘭のあったロプノールまでも下る。この和田地区の人口は県と市を合わせて現在約六八万。九六パーセントがウイグル族の居住する西域南道最大のオアシスである。年間降雨量は僅か四八ミリメートル。最低気温零下一五度、最高気温三八度。今日の気温は三五度。海抜一三〇〇メートルの高地に位置する都市である。一七時三〇分、和田市波斯垣《ボスホワン》南路にある和田賓館に到着し、三〇分の休憩をとる。

ホータン

一般に和田《ホータン》地区といえば、墨玉河と白玉河に挟まれた流域地帯だが、新疆ウイグル自治区のなかの行政区としては、和田市、和田県だけでなく、皮山、墨玉、洛浦《ルオプー》、策勒《ツオロー》、于田《ユイテイエン》、それに民豊《ミンフォン》の各県をも包含している。つまり崑崙山脈とカラコラム山脈の北麓で、北はタクラマカン砂漠が深く入り込み、南はチベット自治区に接し、西南方はインド、パキスタン、カシミールに隣して、その境界線は二一〇キロの長さにも達している。地区の全人口を合わせれば、凡そ一二〇万。この広範な南疆の中央地区には、古代から皮山、于闐、渠勒《きょろく》、精絶《せいぜつ》、戎盧《じゅろ》などの諸国が所在していたが、前漢時代から于闐国は漢の従属国となっていた。唐代は上元二年（六二五）に、この地に都督府を設置し、元代はモンゴル王朝の分封地で、宣慰使元帥府を設置。一一世紀頃から、この地区の支配権を掌握した突厥語系の各民族は、この于闐地区を「ホータン」と呼びはじめた。清代には乾隆二四年（一七五九）に和闐為事大臣を派遣、ヤルカンド為事大臣の管轄下とし、光緒九年（一八八三）、和闐直隷州を置き于闐、洛浦二県を統括。民国二年（一九一三）に、直隷州を廃止し県となる。中華人民共和国成立後の一九五九年、和闐を改め和田とした。もともと『漢書』「西域伝」に記載する「于闐国」の件は、こう紹介している。

「于闐国王は西城に治している。長安を去る九千六百七十里。戸数は三千三百。人口は一万九千三百人、勝兵は二千四百人である」と。

七世紀、インドよりの帰途ここを通りかかった玄奘の『大唐西域記』には、和田は「瞿薩旦《くさつたん》那《な》国」と記載され、次のような紹介がある。

「瞿薩旦那国は周囲四千余里ある。砂礫が大半で、肥沃な土壌はかなり狭い。穀物栽培に適し、いろいろな果実が多い。絨毯や細いフエルトを産し、巧みに粗い絹織物を紡ぐ。そのうえ白玉や黒玉を産する。気候は温暖だが、風が酷く土埃が飛ぶ。……住民は仏法を信仰し、境内に伽藍は百余ケ所、僧徒は五千余人、みな大乗法教を学んでいる」。

また一三世紀にこの地を訪れたマルコポーロは、『東方見聞録』のなかで、

「ホータン国は北東と東方との間に位置し、延長八日行程の広がりを持つ土地であって、ハーンに隷属している。住民はすべてイスラム教徒である。都市や集落が多いが、中でも一段とりっぱな都市が首府ホータンであり、同時にその名がこの国の国名ともなっている。あらゆる物資が豊富であるが、とりわけ木綿はアサ・アマ・穀物と並んで産額が大きい。また葡萄園・農圃・花園も多く見かける。住民は商業・手工業を営み、兵士には向かない」と述べている。

この玄奘とマルコポーロの文を比較してみると、明らかに七世紀の頃と一三世紀の頃では、ホータンの社会状況は、タクラマカン砂漠の地底を潜流するタリム河がある日、突如躍り上がるかのように大変化を惹起している。紀元前一世紀頃からの仏教国が、イスラム教への突然の改宗である。その変貌は九世紀の半ば、八四〇年、タラスとベルサグンを中心にカラハン王朝を樹立したが、やがてサマン王朝にその地を奪取されて、カラハン王朝がカシュガルに遷都した時期からである。新疆西南地区の住民のイスラム教への転換はその頃である。九六九年、于闐国の李氏王朝軍は、カシュガルのカラハン国のタラス攻撃の虚をついてカシュガルを占領するが、やがてブハラのサマン王朝を壊滅させて、カシュガルに帰還したカラハン国軍司令ユースフ・カドゥルの指揮で、一〇〇六年、于闐国は一年余りも包囲され滅亡する。その時の最後の于闐国国王は、ビサ・サングラマー（Visa Samgrama）だった。文献にはカラハン王朝と于闐国との戦いは二四年間もの長期戦だったとの記載もある。つまりこの時期からホータンの政治権力はカラハン王朝によって掌握されてしまったのである。その後はモンゴル、チャガタイ、ヤルカンド王朝に支配しつづけられ、さらにヤルカンド王朝を転覆したジュンガル王朝の覇権下でのアバコ・ホージャ勢力が清国軍の占領まで、ホータン地区をも保持していたわけである。現在のホータン市は、旧城を攻撃し破壊し尽くしたユースフ・カドゥルが建設した新しいホータン城で、以前は新城と回城とに別れていたが……。

とすると、玄奘がやって来た唐代からのホータン城は、いずこに所在していたのだろう。一八時〇〇分。それではと、白玉河の河畔にあるマリクワット（Malikawat）遺跡見学に出掛ける。

努尓巴格《ヌルバゴ》東路を辿って一路、ホータン市内から約二五キロあるマリクワットを目指す。屋根じゅう土埃にまみれているホータン市街を東から南下、和田県内の小さな道を走る。水稲が心地好く風に揺らいでいる。水路が縦横に通じていて、流れる水は崑崙山脈の雪解け水である。ポプラ林に囲まれた静かな村がやって来た。小橋を渡り車を降りる。マリクワット村である。客を待ちぶせしている木製の粗末なロバ車に揺られて、眼前に展開する白波のさざめく白玉河の西岸を行く。河岸にはリュウマチに効くピラカンサも生えている。空はコバルト。吸う空気は清い。一〇分あまりで、ロバが脚をとどめたところは、高さ六メートルほどの日干し煉瓦造りの塔が一つに、仏寺の本堂にある大きな土の台座みたいなのが一つだけ。周りは砂浜。ぐるりと見渡すと、四角な建物を囲んでいた土塀の跡や、ストゥーパの跡らしい廃墟や、歩くと靴が埋もれる砂の河原には、いまでも仏像の破片や石の環なども時折発見されるという。遺跡の範囲は南北一四〇〇メートル。幅は白玉河の河岸が限界である。ここが古代三世紀から八世紀にかけての于闐国の都城「西城」の跡だとの説もあるが、河岸だから氾濫もしばしばあったはずだし、日干し煉瓦では風化も防ぐことは不可能である。しかしどう見ても政治機構の残骸だとは考えられない。やはり五世紀の初めに、パミール高原を越えてインドに取経に赴いた東晋の僧法顕《ほっけん》も、往きはホータンを経由したが、かれの旅行記『仏国記』またの名『法顕伝』には、次のような記事がある。

「于闐国は豊かで人民は盛んである。人々はみな仏法を奉じ、仏法を味わって喜び楽しんでいる。僧侶はなんと数万人もおり、多くは大乗学である。……国王は法顕らを僧伽藍に住まわせた。この伽藍の名は瞿摩帝《くまてい》という大乗の寺である。……この国には小さい寺院は数知れず大きな寺院だけで一四もある」。

法顕は于闐で四月に行われる仏誕会を参観するために、わざわざ三ケ月間も滞在していたため、当時の于闐の町の状況については、極めて詳細に知り尽くしていたはず。そのかれは于闐の町には仏教寺院が「瞿摩帝寺院」をはじめ、その他一四寺院もあると記しているからには、マリクワット遺跡も、その大きな寺院の一つと考えた方が無難だとわたしには思われた。

それはともかく、わたしは白玉河を前にし、駱駝草のまばらに生えている河岸に佇んで、美しい対岸のみどりの樹々を眺め、むざむざ踵を返すわけにもゆかない。『大唐西域記』にも、『仏国記』にもここの玉《ぎょく》が記録されていた。ホータンの名産とはなにはともあれ、司馬遷の著『史記』「廉頗藺相如伝」にあるあの「十五の城」の価値より高い「和氏の璧《かしのへき》」なのである。昔、この于闐国の国王は、その玉石を得るために、わざわざ闇夜の晩に腰に縄で数珠繋ぎにした囚人たちを、この河なかに横に並ばせ、一斉に玉石を探させたというが、いくら眼を白黒させても、それらしきものは見つからない。最近はホータンの玉石は、砂で埋まる墨玉河は勿論のこと白玉河でも容易に手にすることはできないとのこと。なぜなら、一九五七年に、墨玉河と白玉河の水源四〇〇〇メートルの崑崙山脈の山間の阿拉瑪斯《アラマス》鉱山が採掘を始めたからだと。発見した人の名前は猟師のトーダグイ。かれはある日、撃った一頭の黄羊が点々と岩に落とした血痕を懸命に追いかけ、三つの山を越えたところ、息絶えた羊の傍らに光輝く玉石が露出していたというから。

ヨトカン遺跡への道は、ホータン市の西約一〇キロ。車は逆もどり、田舎道をひた走る。ところが走る道の端に架けられたポプラの枝で作った棚に、瓢箪とカボチャの蔓が覆っていて涼しくはあるが、ぶら下がっている実が、いまに墜ちて来はしないかと気にかかる。ウイグル人の生活には瓢箪は欠かせない。ウイグル語では瓢箪を「コバコ」と呼ぶ。大小の瓢箪の殻は、かれらの食器や調味料の入れ物や、カレーズへ水を汲みに行くバケツだし、旅行中の飲料水をロバの背に括りつけるタンクだから。車は右手にカーブをとってひた走り。ところが左側に延延とつづく岡の上の棉畑のなかで、異様な光景に出喰わした。四、五人の男たちが、一列に横に並んで座り込む。静かに両膝をくっつけ、その上に両手を乗せ、西の彼方へ向かってお辞儀をしている。みないま鍬を握っていた農夫たちである。頭には白いムスリムのお決まりの大きな椀のような白い帽子を乗せている。脚は裸足。祈る姿勢はアラビヤ半島のメッカの方角。だれかが合図したのか、一斉に地面に頭をつける。そのまま静止。イスラム教徒は一日に必ず五回の祈りをささげねばならない。それにしてもなんと敬虔で崇高なる姿ではないか。人のかなわぬ武器を持ち、正義のためだといきり立つ文明人たちに拝ませたいものである。白い棉花が辺りにきっと心地よい香りを漂わせているにちがいない。

車が一台やっと通れるほどの路。周囲はポプラが鬱蒼と茂る林の一角に、白い花を咲かせる棉畑があった。到着だ、ヨトカン遺跡に。だがいくら見れども、遺跡らしきものはない。ただ昼間も暗いポプラ林の際に、古びた木の板が覗いている。微かに消えかかった「約特干《ヨトカン》遺址」という黒い文字がみえるだけ。いささかがっかり。ポプラは植林してもう何年くらい経ているだろう。人の背丈の五、六倍にも伸びている。遺跡はこのポプラ林と棉畑の地下三メートルから六メートルの深さで、面積は約一〇平方キロメートル。ウルムチの新疆博物館に展示してある漢代の和田馬銭、五銖銭などの貨幣や、唐代の陶裸人形、一対の陶馬残片。それになんとも不気味な二杯の「人首牛頭陶飲器」、『史記』の「大宛列伝」にある「人間の頭蓋骨で作った匈奴の国王単于《ぜんう》の盃、髑髏《どくろ》杯」も、いまわたしの立つヨトカン遺跡の地面の下から出土したものである。いまだ本格的な発掘調査は行われていないが、やはりこのヨトカン（Yotkan）遺跡が、三世紀から八世紀にかけての歴史書の「西域伝」に現れている于闐国の都「西城」の跡だとわたしには思われた。

帰途につく。来る時とおなじように、沿道の畑と畑のあいだに桑の木が植えられ、棉畑と高粱畑がつづく。桑といえば蚕、蚕といえば繭、そして繭から絹へと連想するのは、東洋人であれば、誰しも展開させる連想パターン。しかしわたしにとっては、桑といえばすぐに思い起こすのは、紅い美味しい桑の実だ。幼い頃に田圃の畔に生えていた二本の桑の樹に鈴なりになっていた実である。青いのから紅くなり、やがて真っ黒く変化する「椹《じん》」という字の桑の実だ。ホータンには古来、三つの名産品がある。一つはすでに登場した「玉」であり、二つ目はシルクロードの名前の由来となった「絹」の絞り染やエトレスシルク。三つ目は絨毯である。その他には柘榴酒にバラワインなど。七世紀の唐代、玄奘もホータンの絨毯や絹織物に感嘆していたが、それ以前の六世紀初頭、やはりパミール高原を経て、西域諸国に外交官として赴いた北魏の宋雲の『宋雲行紀』にも、ホータンでの絹の記事がある。

「捍摩城《かんま》から西行八百七十八里で、于闐国に至った。（この国の）王の頭には鶏のとさかのような金冠をつけ、頭の後ろには長さ二尺、広さ五寸の生絹を垂らして飾りとしていた。」

シルクロード、中国語で「絲綢之路《スーチオウヂルー》」と呼ばれる商品絹織物を運ぶ貿易路は、インドより、仏教がタクラマカン砂漠の砂竜巻を浴びながら、はるか紀元前一、二世紀に、漢の首都長安にまでやって来ていた時代に、すでに東西に通じていたのである。前述した『大唐西域記』のホータン国を意味する「瞿薩旦那国」のなかに、麻射僧伽藍《ましゃそうがらん》という寺院の由来記がある。

「その昔、この国では桑も蚕も知らず、東方の国にはあると聞き、使者に命じて求めさせた。だが東国の国王は隠して与えないどころか、国境警備の役人に厳重に桑と蚕の種子を出してはならぬと命令した。瞿薩旦那王はそこでいとも丁重に頭を下げて、東国に婚姻を申し入れた。東国の国王はちょうど域外の国々を支配する意図があったので、その願いを聞き入れた。瞿薩旦那王は嫁を迎えに行く使者に「お前は東国の嫁に来る王女に『わが国にはもともと絹や桑や蚕の種子がないので、持って来られたら、自分で衣服が作れます』と伝えよ」とひと言つけ足した。王女はその言葉を聞いて、密かに桑と蚕の種子を手に入れ、その種子を冠の綿の中に押し込んだ。国境に着くと役人はくまなく検査したが、王女の冠の中までは調べようとはしなかった」。「王城の東南方五、六里に麻射僧伽藍がある。この国の先王の妃が建立したものである」。

著名な「蚕種西漸伝説」である。この伝説を証明したのが、一九〇一年、英国の探検家スタインが、ホータンの白玉河と墨玉河の合流地点の東の、荒涼たる砂丘ダンダンウィリク、ウイグル語で「象牙の宝のすまい」で発見した僅か三〇センチほどの一枚の木片に描かれていた絵であった。この絵は現在、ロンドンの大英博物館に収蔵されている。間違いなく東方の国の王女が華やかな冠のなかに蚕の種と桑の種子を、密かに隠してやって来る図である。インドから険しいパミール高原の氷河を気にしながら一七年ぶりに戻って来た玄奘は、やっとほっと一息したホータンの麻射僧伽藍の境内で仰ぎ見た「数株の枯れた桑の」大木が、王女のもたらした種子で育った「最初の樹であると言う」と感慨深げに述べている。

宿舎の和田賓館にかえったのは二一時〇〇分。夕食は羊の焼肉、ホータン名物のシシカバブーに蓮根の細切り煮、苦瓜の味噌煮、白くて柔らかなオキュウト、中に茄子、南瓜などの辛い餡のはいった餃子《ぎょうざ》みたいな包子《バオツ》、それに花巻児《ホワーヂュエル》とご飯。デザートは西瓜と甘いオレンジ色の哈《ハ》密《ミ》瓜。お腹を撫でなで、今日一日の慌ただしい見聞のメモをする。

翌朝、九時一五分。ホテルを出発、和田《ホータン》空港へ。自転車とバイクに跨がるひとびとの出勤時間だ。楡の樹と饅頭《マントウ》柳の並木路を通り、市街地を抜けると辺りは葦や紅柳が雑然と茂る郊外。沿道にもはや見慣れた黄色いイスラムモスクの門塔が、あの二つの小さな帽子を振っている。立ち並ぶポプラの樹林の谷間から、昨日来た白玉河の河畔の景色が、行手に展開しはじめた。空港到着。砂嵐が巻き上がる。しばらく空港待合室で待機。九時四五分離陸。ウルムチ空港まで所要時間は一時間二五分。下界の左彼方の赤黒いゴツゴツした岩肌に点々と積雪の残る崑崙山脈が連なり、右手は広漠として絶えることのない砂漠と砂礫。やがて真下に前者と異なる形相のややなだらかな山脈《やまなみ》が現れた。天山山脈。太古から解けることのない白雪を頭上に頂き、波のように果てもなく押し寄せる。わたしはいつしかウイグル族の詩人諾畢提《ノービーティ》（Nobiti）の詩

「和田《ホータン》賛美」を思い出していた。かれはいま別れた和田出身の一八世紀の詩人である。

和田《ホータン》よあなたは人々に無理なく天国を思い起こさせる、
でも、天国は必ずしもあなたと比べるほど美しくない。
わたしはあなたの神聖な土を恭しくひと掬《すく》い手にとる、
この土はあらゆる病を治す霊薬のように貴重なものだ。
仙女の口づけのようにとてもよい匂いがして味もよい、
仙女の唇に和田の甘い蜂蜜がいちめん塗ってある為だ。

（一九九八年七月　新疆大学出版社刊『維吾尓文学史』四三六頁）

あとがき

以前、シルクロードと言えば、わたしは直ぐに陝西省西安を思い出していました。なぜなら、行くことは到底かなわないところなので、せめて東の関門である唐の都長安であった西安までは行ってみたいと望んでいたからです。その西安には懐いかなって、一九八七年の夏、三日間滞在することができました。あの楊貴妃が入浴していたという驪山《りざん》の温泉「華清池」と、西安郊外の広大な庭園の陝西賓館に宿をとり、かつて西のローマに対峙した東方の一大都市の面影を偲んで、時間の許す限り探索しました。その時の記憶はいまでも鮮明に思い浮かびます。

例えば、紀元前四世紀、新石器時代の人々が生活していた「半坡《はんぱ》遺跡」では、土器に彩色されていた鮮やかな「人魚紋」や、臨潼《リントン》の「兵馬俑坑《へいばようこう》」では、秦の始皇帝の地下宮殿から発掘された青銅造りの一人一人の兵士の襟に、すべて記されていたかれらの出身地と兵籍番号などです。さらに渭水《いすい》を渡り、シルクロードの主要都市蘭州へ繋がる秦代の首都咸陽《かんよう》の町をぬけ、そのまた彼方礼泉《リーチュワン》県にある唐の第二代皇帝太宗の昭陵や、唐の第四代皇帝中宗とその妃であり女帝であった則天武后の乾陵《けんりょう》を訪れた時には、途中の通過した土造りの貧相な小さな家々の建ち並ぶ田舎の市場の露台に、見たことのない白い茄子、緑の茄子が行儀よく並んでいたのを、いまでも思い起こします。

この度の『シルクロード・詩と紀行』は、かつて行けないと諦めていたそのシルクロードに、願いかなって一九九九年と翌二〇〇〇年の夏に旅したわたしの記録です。あの果てもなく続くタクラマカン砂漠と、ゴビ灘と名づけられている小石ばかりの広漠と広がる大地。太陽のギラギラと燃え盛る炎天下、わたしは頭に大風呂敷をかぶりながら旅をつづけました。そこは万年雪を頂にたたえた海抜五〇〇〇メートルもある天山山脈と崑崙《こんろん》山脈に挟まれたタリム盆地です。しかもその道は、かつて漢代の張騫《ちょうけん》や唐僧玄奘《げんじょう》や景教（キリスト教の一派ネストリウス派）の宣教師アロベンらが足跡を印した世界でした。しかし、わたしは思いあぐねていました。わたしのシルクロードという言葉についての理解は、画一的なものだったのではと。それは、そこの自然が人間にとってあまりに苛酷であるために住むひとびとは居なく、ただ三日月を背にして砂丘を旅するふた瘤駱駝の隊列にばかり、心を奪われていたのではなかったかと。つまりいまだからはっきり言えるのですが、不毛と考えられるこのシルクロードの大地にも、いかに戦乱に明け暮れる時代であっても、いまも昔も変わることなく歳月かけて黙々と地下水道を掘りつづけて、峻嶺の氷河の雪解け水を砂漠に導き入れ、真剣に生きているひとたちがいるという厳然たる事実です。かれらの生活を確かめることが、いわばわたしのこの旅の主な目的でした。

いつでも自然は、みどりを繁らせてくれるものだと信じているわたしたち日本人にとって、それは英気を回復してくれる特効薬の役割を担っているような気がしてなりません。おわりに、この書の出版のために援助していただいた石風社の福元満治氏をはじめ、みなさん方のご苦労に感謝いたします。

二〇〇四年五月一〇日

秋吉久紀夫

参考書目

1　『抗日戦争時期的中国人民解放軍』　一九五三年七月　人民出版社刊（北京）

2　魏宏運主編　『華北抗日根拠地記事』　一九八六年六月　天津人民出版社刊

3　防衛庁防衛研修所戦史室　『北支の治安戦』第一、二巻　昭和四十三年八月　朝雲新聞社刊

4　防衛庁戦史室編　『現代史資料』第十二巻日中戦争第四　昭和四〇年十二月　みすず書房刊

5　丁玲著　『丁玲文集』第五巻　一九八四年七月　湖南人民出版社刊

6　Edgar Snow, JOURNEY TO THE BEGINNING 1958 published in japan.
（エドガー・スノー著　松岡洋子訳『目覚めへの旅』一九六三年九月　紀伊国屋書店刊）

7　新疆社会科学院歴史研究所編著　『新疆簡史』全三巻　一九八〇年八月　新疆人民出版社刊

8　『中国新疆地区伊斯蘭教史』全二冊　二〇〇〇年一月　新疆人民出版社刊（烏魯木斉）

9　徐玉圻主編　『新疆三区革命史』　一九九八年九月　民族出版社刊（北京）

10　呂振羽著　『中国民族簡史』　一九五一年八月　生活・読書・新知三聯書店刊（北京）

11　熱扎克・買提尼牙孜主編　『西域翻訳史』　一九九四年九月　新疆大学出版社刊

12　常任侠著　『絲綢之路与西域文化芸術』　一九八一年四月　上海文芸出版社刊

13　内田吟風他訳注　『騎馬民族史』全三巻　一九七一年十月　平凡社刊

14　玄奘撰　辯機編　次丙傳譯注『大唐西域記全譯』一九九五年十一月貴州人民出版社刊（貴陽）

15　玄奘著　水谷真成訳注　『大唐西域記』　全三巻　一九九九年八月　平凡社刊

16　慧立　彦悰著　孫硫棠　謝方點校『大慈恩寺三藏法師傳』二〇〇〇年四月中華書局刊（台湾）

17 慧立　彦悰著　長澤和俊訳　『玄奘三蔵』　一九九八年六月　講談社刊
18 楊廷福著　『玄奘年譜』　一九八八年八月　中華書局刊（北京）
19 銭世明著　『玄奘伝』　一九九二年五月　中国旅游出版社刊
20 朝日新聞社文化企画局大阪企画部編集　『三蔵法師の道』　一九九九年　朝日新聞社刊
21 高橋徹　後藤正著　『三蔵法師のシルクロード』　一九九九年六月　朝日新聞社刊
22 長澤和俊著　『シルクロード』　一九九三年八月　講談社刊
23 北海道新聞社編　『シルクロード紀行』　一九九九年六月　北海道新聞社刊
24 王建平　高彬彬編制　『西安鳥瞰圖』　一九九六年　西安地圖出版社発行
25 雪犁主編　李噎　銭伯泉副主編『中国絲綢之路辞典』　一九九四年十月　新疆人民出版社刊
26 岑參著　陳鐵民　侯忠義校注　『岑參集校注』　一九八一年八月　上海古籍出版社刊
27 阮廷瑜編著　『岑嘉州詩校注』　中華民国六九年一月　国立編譯館中華叢書編審委員会刊
28 『岑參詩集』　寛保元年辛酉仲春穀旦　平安書林　天王寺屋市郎兵衛　山田屋參郎兵衛壽梓
29 高光復編著　『高適岑參詩譯解釋』　一九八四年十一月　黒龍江人民出版社刊（哈尔浜）
30 廖立著　『岑參事迹著作考』　一九九七年十月　中州古籍出版社刊（鄭州）
31 陳鉄民著　『高適岑參詩選評』　二〇〇二年十二月　上海古籍出版社刊
32 服部宇之吉校訂　『漢文大系』貳「箋註唐詩選など」　明治四三年四月　冨山房刊
33 中国社会科学院文学研究所編　『唐詩選』上下二巻　一九七八年四月　人民文学出版社刊
34 目加田誠訳注　『唐詩三百首』　全三巻　一九七三年九月　平凡社刊　東洋文庫
35 小川環樹著　『唐代の詩人―その傳記』　昭和五〇年十一月　大修館書店刊

36 布目潮渢解題　国立公文書館内閣文庫藏五山版影印『唐才子傳』昭和四七年九月汲古書院刊
37 計有功撰『唐詩紀事』全二冊　一九六五年十一月　中華書局上海編輯所編輯
38 鈴木虎雄訳解『玉台新詠集』上中下三巻一九五三年五月　岩波書店刊
39 重野安繹校訂『漢文大系』六、七「史記列傳」　明治四四年四月　冨山房刊
40 野口定男他訳　中国古典文学大系『史記』上下二巻　昭和三三年十月　平凡社刊
41 鈴木修次著『唐代詩人論』上下二巻　昭和四八年四月　鳳出版刊
42 前野直彬著『唐代の詩人達』昭和四六年十二月　東京堂出版刊
43 佐伯好郎著『支那基督教の研究二』昭和十八年七月　春秋社松柏館刊
44 朱謙之著　中国古代基督教研究『中国景教』一九九三年五月　東方出版社刊（北京）
45 李家正文著『天平の客、ペルシァ人の謎』一九八六年十一月　東方書店刊
46 劉小楓主編『道与言』一九九五年二月　生活・読書・新知上海三聯書店刊
47 川口一彦編著『景教』―シルクロードを東に向かったキリスト教―二〇〇〇年六月私家版
48 林悟殊著『唐代景教再研究』二〇〇三年一月　中国社会科学院出版社刊（北京）
49 楊培鈞著『陝西歴史博物館館藏精品鑒賞』一九九六年一月　陝西人民出版社刊（西安）
50 沢田勲著『匈奴―古代遊牧国家の興亡』一九九六年十二月　東方書店刊
51 劉向撰　梁端校注『列女傳』中華民国五七年十二月　臺灣中華書局刊
52 顧頡剛編著『孟姜女故事研究集』一九八四年二月　上海古籍出版社刊
53 冨谷至著『ゴビに生きた男たち　李陵と蘇武』一九九四年五月　白帝社刊
54 祁叔虹著『敦煌』一九九九年五月　甘粛人民美術出版社刊（蘭州）

55 金岡照光著『敦煌の文学』昭和四六年六月　大蔵出版株式会社刊
56 金岡照光著『敦煌の民衆』昭和四七年十一月　評論社刊
57 川口久雄著『西域の虎』—平安朝比較文学論集　昭和四九年四月　吉川弘文館刊
58 入矢義高編著　中国古典文学大系『仏教文学集』昭和五〇年二月　平凡社刊
59 楊家駱主編　中国俗文学叢刊『敦煌變文』上下二冊　中華民国六六年十一月　世界書局刊
60 邱鎮京著『敦煌變文述論』民国五九年四月　臺灣商務印書館股分有限公司刊
61 蒋禮鴻著『敦煌變文文字義通釋』中華民国六四年一月　古亭書屋刊（台北）
62 張錫厚輯『王梵志詩研究彙録』一九九〇年三月　上海古籍出版社刊
63 劉子瑜著『敦煌変文和王梵志詩』一九九七年十二月　大衆出版社刊（鄭州）
64 王慶菽著『敦煌文学論文集』一九八七年八月　吉林大学出版社刊（長春）
65 顔廷亮主編『敦煌文学』一九八九年八月　甘粛人民出版社刊（蘭州）
66 王家達著　徳田隆訳『敦煌の夢』二〇〇〇年二月　竹内書店新社刊
67 姜伯勤著『敦煌吐魯番文書与絲綢之路』一九九四年二月　文物出版社刊（北京）
68 敦煌研究院編『敦煌石窟内容総録』一九九六年十二月　文物出版社刊（北京）
69 毎日新聞社発行『敦煌・シルクロード』（毎日グラフ別冊）昭和五二年六月
70 Author : SirAures Stein, K.C.E.『On Ancient Central-Asian Tracks』Publisher : Macmillanand Co., Ltd, London : 1933
（オーレス・スタイン著　澤崎順之助訳『中央アジア踏査記』二〇〇〇年一月　白水社刊）
71 康鋒責任編輯『敦煌旅游交通圖』一九九七年七月　西安地圖出版社発行

72 西田龍雄著　『西夏文字』　一九六七年三月　紀伊国屋書店刊
73 蘇北海　黄建華著　『哈密、吐魯番維吾尓王歴史』　一九九三年八月　新疆大学出版社刊
74 鐘興麒　儲懐貞主編　『吐魯番坎児井』　一九九三年二月　新疆大学出版社刊（烏魯木斉）
75 夏訓誠　胡文康編著　『吐魯番盆地』　一九七八年六月　新疆人民出版社刊（烏魯木斉）
76 余斌著　『中国西部文学縦観』　一九九二年九月　青海人民出版社刊（西寧）
77 吐魯番地委宣伝部編　『可愛的吐魯番』　一九九五年十一月　新疆人民出版社刊
78 聞捷　詩集『天山牧歌』　一九五六年九月　作家出版社刊（北京）
79 中国当代文学研究資料双書編委会編　『聞捷専集』　一九八二年九月　福建人民出版社刊
80 戴厚英遺著　『心中的墳』　一九九六年十一月　復旦大学出版社刊（上海）
81 中国新疆人民出版社編　『天山』　一九八三年八月　ベースボール・マガジン社刊
82 楊富学著　『回鶻之佛教』　一九九八年八月　新疆人民出版社刊
83 王素著　『高昌史稿—統治編』　一九九八年九月　文物出版社刊
84 （徳）勒柯克著趙崇民譯『高昌—吐魯番古代芸術珍品』　一九九八年九月　新疆人民出版社刊
85 新疆維吾尓自治区文化庁他編　『交河故城』　一九九五年五月　新疆美術撮影出版社刊
86 艾青著　詩集『雪蓮』　一九八三年　黒龍江省人民出版社刊
87 秋吉久紀夫訳編　『艾青詩集』　一九九五年三月　土曜美術社出版販売刊
88 岡田明憲著　『ゾロアスター教—神々への賛歌』　一九八二年十月　平河出版社刊
89 呉承恩著　古典名著普及文庫　『西游記』　一九八七年七月　岳麓書社刊（長沙）
90 作家出版社編輯部編　『西遊記研究論文集』　一九五七年　作家出版社刊（北京）

91 新疆博物館編　『新疆博物館』　一九九九年八月　新疆美術撮影出版社刊（烏魯木斉）
92 西安地圖出版社　『新疆・烏魯木斉交通游覧圖』　一九九四年　西安地圖出版社発行
93 王天海譯注　『穆天子傳全譯・燕丹子全譯』　一九九七年八月　貴州人民出版社刊（貴陽）
94 渡辺義一郎編訳　『中国歴代西域紀行選』一九九七年八月　ベースボール・マガジン社刊
95 姜崇侖主編　『哈薩克族歴史与文化』　一九九八年六月　新疆人民出版社刊
96 賈合甫米尓扎汗、阿不都力江賽依提著『哈薩克族』一九九六年九月　新疆美術撮影出版社刊
97 李肖冰主編　『哈薩克族風情録』　一九九八年八月　四川民族出版社刊（成都）
98 蘇北海著　『哈薩克族文化史』一九八九年十二月　新疆大学出版社刊（烏魯木斉）
99 王景生、胡南訳　哈薩克族英雄史詩　『阿尓伯梅斯』　二〇〇〇年五月　民族出版社刊
100 凌愉著　『西部名流』　一九九八年十一月　新疆人民出版社刊
101 人民文学出版社　『魯迅全集』第九巻　一九八二年　人民文学出版社刊
102 上海師範大学歴史系中国近代史組『林則徐詩文選注』　一九七八年二月　上海古籍出版社刊
103 井上裕正著　『林則徐』　一九九四年十一月　白帝社刊
104 農八師墾区編纂委員会編　『農八師墾区石河子市志』　一九九四年八月　新疆人民出版社刊
105 馬国栄著　中国新疆民族民俗知識双書　『回族』　一九九六年九月　新疆美術撮影出版社刊
106 那珂通世著　『成吉思汗實録』　明治四〇年一月　大日本図書株式会社刊
107 小澤重男訳　『元朝秘史』　上下二巻　一九九七年七月　岩波書店刊
108 朱耀廷著　『成吉思汗伝』　一九九八年一月　遼寧師範大学出版社刊（大連）
109 ルイ・アンビス著　吉田順一　安斎和雄共訳　『ジンギスカン』　白水社刊

110 加・奥其尔巴特　李行力著　『蒙古族』　一九九六年九月　新疆美術撮影出版社刊
111 原山煌著　『モンゴルの神話・伝説』　一九九五年二月　東方書店刊
112 蓮見治雄文　杉山晃造写真　『図説モンゴルの遊牧民』　一九九三年三月　新人物往来社刊
113 江上波夫著　『騎馬民族国家』　一九九六年五月改版四版　中央公論社刊
114 川又正智著　『ウマ駆ける古代アジア』　一九九四年三月　講談社刊
115 松田壽男著　『砂漠の文化』　昭和四一年十二月　中央公論社刊
116 黒勒　丁師浩譯　『江格尓』（漢語全譯本）全四冊　一九九三年三月　新疆人民出版社刊
117 若松寛訳　『ジヤンガル』（モンゴル英雄叙事詩）　一九九五年七月　平凡社刊
118 賈木査著　汪仲英譯　『史詩「江格尓」深淵』　一九九六年十月　新疆人民出版社刊
119 蕭三編　紅旗飄飄双書　『革命烈士詩抄』　一九五九年四月　中国青年出版社刊
120 劉錫金　陳良偉著　『亀茲古国史』　一九九二年八月　新疆大学出版社刊
121 新疆亀茲石窟研究所主編　『亀茲佛教文化論集』　一九九三年六月　新疆美術撮影出版社刊
122 霍旭初著　『亀茲芸術研究』　一九九四年七月　新疆人民出版社刊
123 秋吉久紀夫編訳　『現代シルクロード詩集』　二〇〇〇年十月　土曜美術社出版販売刊
124 克里木・赫捷耶夫譯　『黎・穆特里夫詩選』　一九五七年八月　作家出版社刊（北京）
125 新疆阿克蘇地区宣伝部史志弁編著　『阿克蘇地区』　一九九九年十一月　新疆人民出版社刊
126 牛漢著　『牛漢抒情詩選』　一九八九年十二月　青海人民出版社刊（西寧）
127 秋吉久紀夫訳編　『牛漢詩集』　一九九八年三月　土曜美術社出版販売刊
128 陳超　阿斯下尓・居努斯著　『柯尓克孜族』　一九九六年九月　新疆美術撮影出版社刊

129 居素普・瑪瑪依演唱　劉発俊他譯『瑪納斯』上下二冊　一九九二年三月　新疆人民出版社刊
130 趙銓責任編輯　『旅游交通圖　喀什』　一九九九年十月　新疆美術撮影出版社発行
131 呉景山著　『突厥社会性質研究』　一九九四年十月　中央民族大学出版社刊（北京）
132 張越編　『克里木霍加詩選』　一九八三年五月　新疆人民出版社刊
133 海熱提江・烏斯曼著　『維吾尓古代文学研究』　一九九九年六月　新疆大学出版社刊
134 阿布都克里木・熱合曼主編　『維吾尓文学史』　一九九八年七月　新疆大学出版社刊
135 尤素甫・哈斯・哈吉甫著　赤関中等譯　『福樂智慧』　二〇〇〇年四月　民族出版社刊
136 楼望皓編著　『維吾尓族風情録』　一九九八年九月　四川民族出版社刊
137 Aldo Ricci ; The Travels of Marco Polo, translate din to English from the Text of L.F. Benedetto. London, 1931.
（マルコ・ポーロ著　愛宕松男訳注　『東方見聞録』全二冊　一九七〇年三月　平凡社）
138 長澤和俊訳注　『法顕伝・宋雲行紀』　一九七一年九月　平凡社刊
139 新疆郷土文学選編委編『新疆郷土文学作品選読』一九九八年八月　新疆科技術衛生出版社刊
140 井上靖長澤和俊ＮＨＫ取材班著『流砂の道』　昭和五五年十月　日本放送出版協会刊
141 新疆測絵局編制『新疆維吾尓自治区分県地圖册』　一九九八年八月　新疆美術撮影出版社刊
142 文化著『衛拉特―西蒙古文化変遷』　二〇〇二年十二月　民族出版社刊

執筆時期＊初出一覧

鱶の呟き	二〇〇二・　四・一〇	「天山牧歌」	第五六号	二〇〇二・七
西安の大秦景教碑	二〇〇二・一一・一五	「天山牧歌」	第五八号	二〇〇三・三
李広利の悔悟	二〇〇一・五・二三	「天山牧歌」	第五二号	二〇〇一・九
琵琶を背負う天女	二〇〇二・一一・二二	「天山牧歌」	第五九号	二〇〇三・四
敦煌の蔵経窟	二〇〇二・一一・一九	「天山牧歌」	第五八号	二〇〇三・三
砂漠のカレーズ	二〇〇二・一一・二四	「天山牧歌」	第六〇号	二〇〇三・七
トルファンの葡萄	二〇〇二・一一・一九	「天山牧歌」	第五九号	二〇〇三・四
高昌故城の駱駝	二〇〇二・一一・一八	「天山牧歌」	第六〇号	二〇〇三・七
火焔山	二〇〇二・一一・二五	「天山牧歌」	第五九号	二〇〇三・四
交河故城	二〇〇三・五・　五	「中国文学評論」	第二八号	二〇〇四・四
天池の雪蓮《シュエリエン》	二〇〇二・一一・二一	「天山牧歌」	第六〇号	二〇〇三・七
シシカバブー	二〇〇三・四・三〇	「天山牧歌」	第六一号	二〇〇三・一〇

＊

銀山磧	二〇〇二・四・一四	「詩と思想詩人集二〇〇二年」		二〇〇二・一一
飛沫を上げる孔雀河	二〇〇二・五一・二三	「天山牧歌」	第六一号	二〇〇三・一〇
水のない荒れ果てた土地のように	二〇〇二・一一・一五	「天山牧歌」	第六二号	二〇〇四・一
鳩摩羅什《くまらじゅう》の翻訳	二〇〇二・四・一三	「天山牧歌」	第五七号	二〇〇二・一〇

スバシ故城の原種の西瓜	二〇〇一・五・一七	「天山牧歌」	第五一号	二〇〇一・四
マシュラップの舞踏	二〇〇三・五・六	「天山牧歌」	第六二号	二〇〇四・一
砂竜巻	二〇〇一・一・一二	「天山牧歌」	第五〇号	二〇〇一・一
山脈《やまなみ》の肌の色	二〇〇三・五・九	「天山牧歌」	第六三号	二〇〇四・四
カシュガルの班超城	二〇〇二・四・一五	「天山牧歌」	第五七号	二〇〇二・一〇
ケトマン	二〇〇二・三・二二	「天山牧歌」	第五五号	二〇〇二・四
木菟《みみずく》の鳴き声	二〇〇三・五・四	「天山牧歌」	第六三号	二〇〇四・四
＊				
河という概念	二〇〇二・一・三〇	「天山牧歌」	第五四号	二〇〇二・一
ポプラの並木	二〇〇二・一一・一六	「天山牧歌」	第六二号	二〇〇四・一
和氏《かし》の璧《へき》	二〇〇二・一一・二一	「天山牧歌」	第六三号	二〇〇四・四
棉畑のなかでの祈り	二〇〇二・一一・一六	「中国文学評論」	第二八号	二〇〇四・四
人首牛頭陶飲器	二〇〇二・四・一一	「天山牧歌」	第五六号	二〇〇二・七
空飛ぶ絨毯	二〇〇三・五・一一	「詩と思想詩人集二〇〇三年」		二〇〇三・一二
ホータンの桑畑で	二〇〇一・一一・一九	「天山牧歌」	第五三号	二〇〇一・一二
＊＊				
シルクロード文学紀行（一）		「天山牧歌」	第五八号	二〇〇三・三
シルクロード文学紀行（二）		「中国文学評論」	第二三号	二〇〇三・三
シルクロード文学紀行（三）		「天山牧歌」	第五九号	二〇〇三・四

シルクロード文学紀行（四）	「中国文学評論」	第二四号	二〇〇三・四
シルクロード文学紀行（五）	「天山牧歌」	第六〇号	二〇〇三・七
シルクロード文学紀行（六）	「中国文学評論」	第二五号	二〇〇三・七
シルクロード文学紀行（七）	「天山牧歌」	第六一号	二〇〇三・一〇
シルクロード文学紀行（八）	「中国文学評論」	第二六号	二〇〇三・一〇
シルクロード文学紀行（九）	「天山牧歌」	第六二号	二〇〇四・一
シルクロード文学紀行（一〇）	「中国文学評論」	第二七号	二〇〇四・一
シルクロード文学紀行（一一）	「天山牧歌」	第六三号	二〇〇四・四
シルクロード文学紀行（一二） 全編二〇〇三・三・二八	「中国文学評論」	第二八号	二〇〇四・四

秋吉久紀夫（あきよし・くきお）

本名、秋吉勝廣。1930年、北九州市に生まれる。著書に詩集『南方ふぐのうた』『天敵』『恐竜卵化石』『イスラエル・詩と紀行』、エッセイ集『交流と異境』『対象への接近』、論著『近代中国文学運動の研究』『陳千武論』、編訳『精選中国現代詩集』『アジア・アフリカ詩集』『現代シルクロード詩集』『現代中国少数民族詩集』『現代中国の詩人叢書全十巻』その他がある。

1993年11月　翻訳特別功労賞　（日本翻訳家協会）
2001年 4月　第一回詩界賞　（日本詩人クラブ）

シルクロード・詩と紀行

二〇〇四年八月三十日初版第一刷発行

著者　秋吉久紀夫
発行者　福元満治
発行所　石風社
福岡市中央区渡辺通二丁目三番二四号
電話〇九二（七一四）四八三八
ファクス〇九二（七二五）三四四〇

印刷　株式会社チューエツ
製本　篠原製本株式会社